Cursed

Coincidence

صدفة ملعونة

By: Mohammed M.Ahmed

الفصل الأول
أرضُ نزاع

ولاية مانيبور، **2014**. تقع ولاية مانيبور في شمال شرق الهند، وتتميز بجمال طبيعي يتخلله تناقضات حادة وصراعات طويلة الأمد.

تمتد المناظر الطبيعية بسحرها بين وديان خضراء، وجبال شامخة، وأنهار هادئة تجري عبر غابات عتيقة. لكن تحت هذا الجمال الباهر يكمن تاريخ من الاضطرابات والعداوات المتأججة، خاصة بين قبيلتي الكوكي والناغا. هاتان القبيلتان هما الأكبر في المنطقة، وكانت بينهما عداوة مريرة منذ أجيال، تغذيها تقاليد عميقة وخلافات حدودية واعتزاز ثقافي متجذر.

يعيش أهل مانيبور في توازن هش، حيث تنبعث الكراهية من تحت سطح الحياة اليومية. كانت الزيجات والتحالفات وحتى التجارة تعتمد على الانتماء القبلي، وكانت العادات جامدة وغير قابلة للتنازل، حيث كان ثمن مخالفتها مكلفًا، وقد يكون مميتًا.

نظرت كل قبيلة إلى الأخرى بريبة، وتسربت الكراهية إلى نسيج وجودهم وذاتهم.

في هذا المناخ المضطرب، كانت قريتا خونوما وثينغنوبال المجاورتين تجسدان الهوة العميقة بين قبيلتي الكوكي والناغا. قلما كان أفراد القريتين يتواصلون، وأي تفاعل بين أفراد القبيلتين كان مليئًا بالتوتر. حتى تبادل النظرات العابرة بين أفراد القبيلتين المتناحرتين كان يمكن أن يؤدي إلى عنف. في هذا المكان، كان الحب، خاصة عبر الخطوط القبلية، محرماً.

في هذا الجو المشحون بالخوف والانقسام، عاش شاب وسيم يُدعى خارام. كان خارام بائعاً متواضعاً من قبيلة الكوكي، وقد قضى حياته في ظل الصراع بين قبيلته وقبيلة الناغا. قسوة الفقر والعداوة بين القبيلتين جعلته يعيش في حالة دائمة من الاستسلام الصامت.

دكان خارام، مبنى خشبي صغير على جانب الطريق بين القريتين، كان مصدر رزقه الوحيد، حيث يبيع لوازم أساسية كالأرز، والملح، والصابون، وغيرها من الضروريات للمسافرين المارين في المنطقة.

كانت حياة خارام بسيطة ومتوقعة، كالتلال التي تحيط بقريته.

اعتاد قبول قدره في هذه الأرض المتوترة، حيث بدا السلام حلماً مستحيلاً. ولكن رياح التغيير بدأت تهب في أحد الأيام، عندما بدأت أسرة من قبيلة الناغا بزيارة متجره بشكل متكرر.

من بينهم كانت إيروم، ابنة تاجر ثري من قبيلة الناغا. كانت جميلة، بشعرها الأسود الطويل وعينيها الداكنتين العميقتين اللتين تشعان بالفضول والذكاء. كان ثراء عائلتها ومكانتهم واضحين من خلال ملابسهم وسلوكهم، لكن أناقة إيروم الهادئة هي التي لفتت انتباه خارام منذ اللحظة الأولى التي رآها فيها.

ورغم العداوة بين قبيلتيهما، كانت عائلة إيروم تتوقف عند متجر خارام في طريقهم لزيارة أقارب لهم في قرية مجاورة. في كل مرة كانوا يأتون، كان خارام يشعر بخفقان غريب في صدره.

لأشهر عديدة، كانت لقاءاتهما مقتضبة ورسمية، يتبادلان التحية ويجريان المعاملات بكل لباقة. لكن تحت السطح، كان هناك شيء أكبر بين خارام وإيروم. كل نظرة، وكل ابتسامة خاطفة كانت تحمل مشاعر ثقيلة غير معلنة. كان هناك

إعجاب متبادل وجاذبية، أدرك كلاهما أنها خطيرة، لكن لم يستطع أي منهما مقاومة ذلك.

حتى إيروم شعرت بجذب خارام، رغم إدراكها لاستحالة الموقف. كان والدها رجلاً صارمًا، ملتزمًا بتقاليد قبيلة الناغا. الزواج من خارج القبيلة، وخاصة من رجل من الكوكي، كان يُعد خيانة لشعبها. ومع ذلك، ومع مرور الأسابيع التي تحولت إلى شهور، وجدت إيروم نفسها تتطلع بشوق إلى زياراتهم لمتجر خارام، ويزداد خفقان قلبها كلما رأته.

الفصل الثاني
إعجاب متبادل

ألقت الشـــمس بريقها الذهبي على القرية بينما تجلس إيروم، الفتاة الجميلة من قبيلة الناغا الثرية، في السـيارة الفاخرة مع عائلتها، وهم في رحلتهم الأسـبوعية إلى قرية خارام. وقف خارام، الشـــاب المتواضـــع من قبيلة الكوكي، خلف منضـدة متجره الصـــغير، منشـــغلاً بترتيب لوازم المنزل المتنوعة. ورغم قرب المسـافة بين القريتين، فقد بدت كأنها عالمين منفصلين من حيث العادات والتقاليد والعداء العميق المتأصل بين قبيلتيهما.

عندما اقتربت عائلة إيروم من المتجر، نظر خـارام نظرة خاطفة، والتقطت عيناه صـورتها. كانت ترتدي شـــالاً تقليديًا من قبيلة الناغا، وقد تدلّى شعرها الأسود الطويل على كتفيها. كان في حركتها ســـحر وجاذبية، ولم يسـتطع خارام إلا أن يعجب برقتها. بالرغم من أنه رآها من قبل، إذ كانت تمر برفقة عائلتها عدة مرات، ولكن مؤخرًا، بدا هناك شـــيء مختلف. كلمـا زارت المتجر، كـان قلبـه يخفق بقوة، ووجد نفسه يتطلع إلى لقاءاتهم القصيرة.

خرجت إيروم من السيارة مع والدتها وأخوتها، وبدؤوا يتفحصون بضائع المتجر القليلة. كانت يدا خارام ترتجف قليلاً وهو يقدم لهم مستلزماتهم المعتادة ـ الدقيق، الملح، وبعض التوابل. كان يرمق إيروم بنظرات خاطفة وهي تقف قرب النافذة، تراقب الأشجار في الخارج بهدوء.

بينما كانت والدتها تساوم على الأسعار، التفتت إيروم إلى خارام، ولأول مرة تلاقت أعينهما بشكل حقيقي. ارتسمت على شفتيها ابتسامة ناعمة، وشعر خارام بانقباض في صدره. بادلها الابتسامة، وبقيت نظراته عالقة قليلاً قبل أن يعود مسرعًا بنظره، محرجاً.

استمرت الزيارات على مدى الأشهر التالية، وفي كل مرة، كانت تجذبهم مشاعرهم أكثر، رغم أن كليهما لم يجرؤا على الحديث كثيراً. في إعجابه الصامت، بدأ خارام يضع رموزًا صغيرة في أكياس المشتريات التي تشتريها عائلتها ـ شمعة إضافية، أو حجر مصقول، أو قطعة خشبية منحوتة بدقة.

لاحظت إيروم هذه الإيماءات، وفهمت معناها الضمني، وفي كل مرة كانت تملأها سعادة هادئة.

وفي أحد الأيام، بينما كانت والدة إيروم منشغلة بالمتجر، رأى خارام فرصته. اقترب من المنضدة، وهمس بصوت منخفض ومرتجف.

"إيروم،" همس، ناظرًا حوله ليتأكد من انشغال والدتها بعيداً. "كنت أتساءل... إن كان بإمكاني... التحدث معك لبعض الوقت. ربما... هل يمكن؟"

اتسعت عينا إيروم قليلاً، لكنها ابتسمت، ابتسامة مشجعة وناعمة. "بالطبع،" همست، بصوت لطيف كالنسيم الذي يحرك أوراق الأشجار في الخارج.

التقط خارام أنفاسه بصعوبة واستمر، "هل يمكنني... الحصول على رقم هاتفك؟ أعلم أنه ليس لدي هاتف، لكن... يمكنني الاتصال بك من المتجر...".

تسارعت نبضات قلبها، ونظرت نحو والدتها التي ما زالت مشغولة بتفحص البضائع، ثم عادت بنظرها إلى خارام. دون تردد، كتبت رقمها على قصاصة صغيرة من الورق، ووضعتها في يده.

"اتصل بي،" همست، وقد احمرّت وجنتاها قليلاً قبل أن

تعود إلى عائلتها بسرعة، قبل أن يلاحظ أحد ذلك.

في تلك الليلة، بعد إغلاق المتجر، جلس خارام في الغرفة المظلمة خلف المتجر، محدقًا في الورقة الصغيرة التي يحملها. لم يصدق حظه ـ لقد أعطته رقمها!

تزايدت دقات قلبه وهو يدير الرقم على هاتف المتجر، يستمع إلى رنين الخط كإيقاع نبضاته.

ردت إيروم في الرنة الثالثة، بصوت ناعم وعذب. "مرحبًا؟"

"أنا خارام،" قال بصوت متردد، يتخلله الارتعاش.

"كنت أنتظر اتصالك،" ردت بلهجة فيها استحياء.

ومنذ تلك اللحظة، ازدهرت علاقتهما السرية. كل مساء، كان خارام يتصل بإيروم، ويتبادلان الحديث لساعات عن آمالهما وأحلامهما والفروقات الصارخة بين عالميهما.

رغم العداء بين قبيلتيهما، وجدا العزاء في كلمات بعضهما. ضحكا معًا وشاركا مخاوفهما، ليتحول إعجابهما المتبادل إلى مشاعر أعمق.

لكن ارتباطهما لم يكن خاليًا من التحديات. كان خارام مدركًا

تمامًا للمخاطر التي تحيط بعلاقتهما. كانت العداوة بين قبيلتي الكوكي والناغا عميقة، ولو اكتشف أحد هذا الارتباط، ستكون العواقب كارثية عليهما.

الفصل الثالث
لقاءات سرية

مرت ستة أشهر، وتعمقت مشاعر الحب بين خارام وإيروم مع كل مكالمة هاتفية، لكن المحادثات عبر الهاتف لم تعد كافية لإخماد شوقهما المتزايد. كانا يرغبان في اللقاء، أن يكونا معًا بطريقة تتجاوز الكلمات التي تتبادلها أصواتهما عبر خط الهاتف المتقطع.

وفي إحدى الأمسيات، وبعد محادثة عاطفية طويلة، اقترح خارام اقتراحًا جريئًا.

"إيروم"، قال بصوت يرتجف بمزيج من الحماس والخوف، "أريد أن أراك. ليس فقط عندما تأتين إلى المتجر، بل... أريد لقاءك وحدك. هل يمكننا أن نلتقي؟ في مكان هادئ، حيث لا يرانا أحد".

ساد صمت طويل على الجانب الآخر من الخط. كانت نبضات قلب إيروم تتسارع في صدرها. كانت تعرف المخاطر، وتعلم أن اكتشاف أمرهما قد يعني الموت، لكن فكرة رؤية خارام والاقتراب منه طغت على مخاوفها.

"نعم"، همست بصوت بالكاد مسموع، "فلنلتقِ".

اتفقا على اللقاء خارج القرية، قرب النهر الذي يمثل الحدود بين قبيلتيهما. كان مكانًا منعزلًا تحيطه الأشجار، بعيدًا عن الأنظار المتطفلة.

كانت اللقاءات الأولى مليئة بالتوتر والحذر. جلسا على جذع شجرة ساقطة بجوار الماء، يتحدثان بأصوات خافتة، وأيديهما تلامس بعضها بخفة، يتشاركان أحلامهما ومخاوفهما. لم يستطع خارام تصديق أنها بجواره، وأن هذه اللحظة حقيقية. وعندما مد يده وأمسك بيدها أخيرًا، شعر وكأنه امتلك العالم بأسره.

منذ ذلك اليوم، أصبحت لقاءاتهما السرية أكثر تكرارًا. كانا يهربان إلى النهر كل أسبوع، حيث يجلسان وحدهما، بعيدًا عن الأحكام والكراهية المتأصلة في قبيلتيهما.

لكن حتى في لحظات السعادة المسروقة هذه، كانت ظلال الواقع تحيط بهما. كانت إيروم تعرف أن حبهما ممنوع، وأن والدها المعروف بتشدد تقاليده لن يقبل أبدًا زواجها من شاب من قبيلة الكوكي. لم تخبر خارام بتوجهات عائلتها، ولا عن

المستقبل الذي حُدد لها منذ زمن.

وفي إحدى الأمسيات، وبعد مشوار طويل وهادئ، استدار خارام نحوها، وعيناه مليئتان بالعزم.

"إيروم، أنا... أحبك"، قالها بصوت ثابت مشبع بالعواطف، "أريد أن أتزوجك. لا يهمني قبيلتانا أو ما يقوله الآخرون. أريد أن أكون معك".

انقبض قلب إيروم. كانت تخشى هذه اللحظة منذ زمن، مدركة أنها لا تستطيع أن تقدم له الإجابة التي يريدها. كانت تحبه، ولم تكن تشك في ذلك، لكن واقع وضعهما كان أكبر من أن تتجاهله.

"خارام"، همست وصوتها يتصدع بالعاطفة، "لا أعتقد أننا نستطيع، والدي... عائلتي... لن يقبلوا بذلك أبدًا".
تغيرت ملامح خارام، لكنه رفض الاستسلام. "يمكننا إيجاد حل. سنجد طريقة. يمكننا الهرب إن تطلب الأمر، ونعيش بعيدًا عن هذا كله".

لكن إيروم هزت رأسها، والدموع تترقرق في عينيها. "أنت لا تفهم. والدي يفضل رؤيتي ميتة على أن أتزوج شخصًا من

قبيلة الكوكي. إنه أمر مستحيل".

خيمت كلماتهما الحزينة في الهواء بينهما. قبض خارام على يديه بقوة، ومشاعر الإحباط والعجز تتزايد داخله. لكن حتى وهما يقفان على حافة اليأس، لم يتحملا فكرة الفراق.

تحول حب خارام وإيروم إلى شيء لا يمكن إنكاره، لكن العالم الذي يعيشان فيه لا يرحم. وكلما ألتقيا، ازدادت صعوبة تخيل المستقبل الذي يمكن أن يجمعهما.

ورغم ذلك، ظلت الآمال تتشبث في لحظاتهما الهادئة بجوار النهر، في النظرات المسروقة والوعود الهادئة. كانا يعلمان أنه بطريقة ما، سيجد حبهما طريقًا للنجاة، حتى لو كان ذلك يعني إعلان التحدي ضد كل ما عرفاه على الإطلاق.

الفصل الرابع
تردد الموافقة

أصـــبحت الليالي أكثر كآبة بالنســـبة لإيروم، حتى مع ازدياد حبها لخارام. كل لحظة تقضيـها معه كانت تبدو وكأنها حلم، لكن العودة إلى المنزل كانت توقظها لتعيش قسوة الواقع. كان والدها قد بدأ يناقش مســـألة زواجها مع شـيوخ القرية، وكان واضحًا أن مستقبلها لم يعد قرارًا تستطيع أن تتحكم فيه.

وفي أحد الأيام، كـانت إيروم تقف في فنـاء منزل عـائلتهـا الكبير، تســـتمع إلى حديث والدها مع والدتها بصـوت خافت عن تحـالف محتمل مع عـائلـة نـافذة أخرى من قبيلـة نـاغـا. انقبض قلبها مع سماع تفاصيل المحادثة.

الأب" :علينـا أن نزوجها قريبًا. هنـاك رجل لم تلتقِ به من قبل، لكنه الاختيار الصـحيح. سـيجلب الثراء والجاه للعائلة، وسيقوي روابطنا مع الآخرين".

الأم" :لكنها لا تعرفه حتى. هل أنت واثق أن هذا هو الأفضل لها؟"

الأب :(بحزم) "الأمر لا يتعلق بمعرفتها له. إنه يتعلق بتأمين مستقبل عائلتنا. هذا الزواج سيجلب لنا الشرف. ستتعلم قبوله، كما فعلنا نحن".

الأم :"أتمنى فقط ألا يحطم ذلك روحها. إنها تستحق السعادة أيضًا".

الأب :(بجديّة) "ستكون بخير. الأمر هنا متعلق بالواجب، وليس الحب".

ضغط التقاليد وواجب العائلة ألقي على كاهل إيروم. كانت دائمًا الابنة المطيعة، التي لم تشكك أبدًا في سلطة والدها. لكن الآن، ومع حبها لخارام، كانت تشعر بانقسام بين الحب الذي عرفته دائمًا والحب الذي وجدته حديثًا.

في تلك الليلة، بينما كانت عائلتها مجتمعة حول مائدة العشاء، كانت أفكار إيروم مشغولة بخارام. تذكرت عينيه الحماسية، وفي الطريقة التي يتحدث بها بشغف وصدق. لقد طلب منها الهرب معه، لترك الحياة التي يعرفونها وبدء حياة جديدة. جزء منها كان يريد أن يقول نعم لخارام، وأن تترك التوقعات التي تخنقها.

لكن جزءًا آخر منها مغروس بعمق في تقاليد قبيلتها، كان يخشى العواقب.

هل يمكنها خيانة عائلتها؟ هل يمكنها التخلي عن كل ما نشأت على تقديره من أجل الحب؟ كان هذا السؤال يمزقها، يبقيها مستيقظة لوقت طويل في الليل.

في اليوم التالي، عند نقطة لقائهما المعتادة قرب النهر، لاحظ خارام التغيير في حالتها. كانت أكثر هدوءًا من المعتاد، وعيناها مليئتان بالحزن الذي لم يره من قبل. مد يده إلى يدها، لمسة لطيفة وملحّة، إيروم، ما الأمر؟" سأل بصوت هادىء ومليء بالقلق، "تبدين... مضطربة".

نظرت بعيدًا، غير قادرة على مواجهة نظرته. "والدي!"، همست، وصوتها يرتعش، "يخطط لتزويجي. يريد تعزيز مكانة العائلة، وأنا... لا أعرف ما الذي يجب أن أفعله".

انقبض قلب خارام. كان يعلم دائمًا أن حبهما هش، معلق بخيط، لكن سماعها تقول تلك الكلمات جعل التهديد حقيقيًا للغاية. شدّ على يدها كما لو كان يحاول التمسك بها قبل أن تنفلت من بين أصابعه.

"إيروم، ما زال بإمكاننا الهرب"، قالها بصوت نبرته توحي بالاستعجال، "يمكننا الذهاب بعيدًا، إلى مكان لن يجدونا فيه. يمكننا بناء حياة معًا، بعيدًا عن كل هذا".

هزت رأسها، والدموع تتجمع في عينيها. "خارام، لا أستطيع الهرب. عائلتي... لن يغفروا لي أبدًا. وإذا عثروا علينا سيقتلوننا ".

تصلب وجه خارام. "لا يهمني ما يعتقدونه. لا يهمني ما قد يحدث لي. أحبك، إيروم، وأنا مستعد للنضال من أجل ذلك. لكن... عليك أن تساعديني في ذلك أيضًا. عليك أن تختاريني".

سكتت، وشعرت بأنها واقفة على حافة خيار لم تكن واثقة أنها تستطيع اتخاذه. كانت تحب خارام حبًا لم تتوقعه، لكن جاذبية الواجب، والولاء لعائلتها وقبيلتها، كانت قوية بنفس القدر.

"لا أعرف إن كنت أستطيع"، همست وصوتها ينهار، "لا أعرف إن كنت قوية بما يكفي لذلك".

الأيام التالية كانت ضبابية، مليئة بالارتباك والألم بالنسبة

لإيروم. استمرت لقاءاتها مع خارام، لكنها لم تعد مفعمة بالبهجة والسرور. بدلاً من ذلك، كانت مثقلة بقرارها الوشيك.

لم يكن خارام، بصبره المعتاد، يدفعها لاتخاذ القرار، لكنها كانت ترى الألم في عينيه في كل مرة يفترقان فيها. كان ينتظر منها أن تتخذ قرارها، وكلما تأخرت، ازداد بعده عنها.

وفي إحدى الليالي، وبعد نقاش متوتر مع والدها حول خطوبتها المرتقبة، اتخذت إيروم قرارها. لم يعد بإمكانها التردد بين عالمين. لم تعد قادرة على إيذاء خارام بترددها.

تسللت خارج منزلها تحت جنح الظلام، قلبها ينبض بقوة. كان الطريق إلى النهر مألوفًا، لكنه بدا مختلفًا هذه الليلة ــ كان أثقل وأكثر حسمًا. عندما وصلت، كان خارام هناك بالفعل، جالسًا حيث قضيا العديد من اللحظات الهادئة.

"إيروم"، قال، واقفًا بمجرد أن رآها. كانت عيناه مملوءتان بالأمل، لكن صوته كان يحمل تعبًا وكأنما كان يستعد للخذلان.

أخذت نفسًا عميقًا، محاولة تثبيت نفسها لما كانت على وشك

قوله، "خارام، فكرت في كل شـــيء - فينا، في عائلتي، في المستقبل." كان صوتها ثابتًا، لكن يديها كانت ترتعش. "أنا أحبك. لم أشـــك في ذلك يومًا. لكن... لا أسـتطيع الهرب. لا أستطيع أن أترك عائلتي".

تجمد وجه خارام، وتراجع خطوة للخلف، وقد اسـتوعب وقع كلماتها. "أنتِ تقولين... هذا هو الوداع؟" سأل بصوت بالكاد مسموع، "تختارينهم علينا؟"

اغرقت عينا إيروم بالدموع وهي تهز رأسـها. "الأمر ليس اختيارًا، خارام. إنه عن... النجاة. إذا هربنا، لن ننعم بالسـلام أبدًا. سيطاردوننا. لا أستطيع أن أضعك في هذا الخطر".

مرّ وقت طويل دون أن يتحدث أحد. كان صـــوت تيار النهر الهادئ هو الصـوت الوحيد، على نقيض العواصف العاطفية بينهما. أخيرًا، أومأ خارام برأسـه، وقد ارتسـم على وجهه خليط من الحزن والاستسلام.

"أفهم ذلك"، قال بهدوء، "كنت أعلم دائمًا أن الأمر سـيكون صعبًا، لكن... كنت آمل أن نجد طريقة".

وقفا هناك، ينظران إلى بعضهما، شخصين مرتبطين بالحب

لكنهما مفصـــولين بقوى خارجة عن ســيطرتهما. اقتربت إيروم، وضـــغطت جبينها على صـــدر خارام، تاركةً دموعها تنهمر بحرية على صدره.

"أنا آسفة"، همست بصوت بالكاد يُسمع، "أنا آسفة جدًا".

ضـــمها خارام، ممســـكًا بها بإحكام كما لو كان يحاول إيقاف القدر المحتوم.

ومع أنهما كانا واقفين هناك، متشـــبثين ببعضـــهما في الظلام، كانا يعرفان أن هذه قد تكون آخر مرة سيتواجدان فيها معًا.

الفصل الخامس
قرارٌ مفروض

ازدادت الأيام برودة، وثقل قرار إيروم على كتفيها كالصخرة التي لم تعد تستطيع ازاحتها. لقد حدد والدها موعد خطوبتها بالفعل.

كان الرجل الذي ستتزوجه تاجراً ثرياً من قبيلة مجاورة، وسيصل في غضون أيام قليلة. كانت القرية تضجّ بالتحضيرات، ولم يكن هناك مهرب. شعرت إيروم أن الجدران تضيق عليها، تخنقها وكأن كل نفس تتنفسه هو نفحة من نار.

لم ترَ إيروم خارام منذ أيام. عرفت أن ذلك كان جزءاً من خطئها؛ فكلما اقترب موعد خطوبتها، زادت المسافة بينها وبينه. لم ترغب في إعطائه أملاً زائفاً، لم ترد أن تجره معها عندما يبدو مصيرها محسوماً.

لكن خارام لم يكن من النوع الذي يتراجع دون أن يقاوم.

في تلك الليلة، ومع غروب الشمس خلف الجبال مُضيئةً القرية بتوهج ذهبي، ظهر خارام على عتبة بابها. كانت عيناه

مليئتين بالإصرار، وزادت نبضات قلب إيروم في صدرها حين رأته، لكنها شعرت أيضاً بالذنب الذي كانت تحمله في قلبها.

قال خارام بصوتٍ هادئٍ ولكنه حازم: "نحتاج إلى الحديث." لم يكن طلباً، بل كان أمراً.

ترددت، ونظرت إلى الوراء نحو المنزل. حيث كان والدها في الداخل، على الأرجح يتناول عشــائه، ولو رأى خارام، ستحدث مشكلة كبيرة. لكنها شــعرت بشيئ في عيني خارام يخبرها أن هذا الحديث لم يعد يمكن تأجيله.

بلا كلمة، قادته بعيداً عن المنزل، نحو حافة القرية حيث توفر الأشــجار بعض الغطاء. كان الهواء بارداً، والصــمت بينهما ثقيلاً كأنهما في هدوء ما قبل العاصفة.

خارام لم يضيع الوقت. قال بلهجة مضطربة: "إيروم، لم أعد أتحمل هذا. لا أســتطيع أن أقف مكتوف الأيدي وأشــاهدهم يأخذونك مني".

نظرت بعيداً، ودموعها تترقرق في عينيها. "خــارام، أنت تعرف أنني لا أملك الخيار. والدي"...

قاطعها قائلاً بغضـــب: "لديك خيار، دائماً كان لديك خيار، إيروم. فقط عليك أن تكوني شجاعة لتأخذي القرار".

تألم قلبها من كلماته. كانت تكرر لنفسـها أن الأمر خارج عن سـيطرتها، وأنها مقيدة بالواجب والتقاليد. لكنها في أعماقها، عرفت أن خارام كان محقاً. كان لديها الخيار، لكنها كانت تخشى عواقبه.

قال خارام، وهو يقترب منها خطوة: "أحبكِ. وأعرف أنكِ تحبينني أيضـــاً. يمكننا الرحيل الليلة، الآن. يمكننا أن نكون معاً، بعيداً عن كل هذا. عليك فقط أن تقولي نعم".

توقفت أنفاس إيروم. بدا الأمر بسـيطاً عندما قاله بهذه الطريقة، وكأن الحب قادر على التغلب على جميع العقبات. لكنها كانت تعرف أن الواقع أكثر تعقيداً. إذا هربا، سـيتم ملاحقتهما، وستتعرض عائلتها للعار. ولن يكون هناك طريق للعودة.

همست بصوت مرتجف: "خارام، إذا هربنا، لن يتوقفوا عن البحث عنا. وعندما يجدوننا، سيقتلوننا. لا أستطيع حتى تخيل ذلك".

هدأت عيناه، وأمسك يديها برفق. "إيروم، أفضل أن أموت معك على أن أعيش بدونك. لكن يجب أن تقرري. هل تريدين هذه الحياة التي خططوها لكِ، أم تريدين أن تكوني معي؟"

ظل السؤال معلقاً في الهواء، حاداً ومؤلماً. لقد أمضت إيروم وقتاً طويلاً وهي تحاول تجنب اتخاذ القرار، على أمل أن تتدخل الأقدار وتمنحها ملاذاً من هذا الخيار المستحيل. لكن الآن، وهي تقف مع خارام، أدركت أن الوقت قد نفد.

كان الشعور بالواجب العائلي يجذبها إلى الخلف. لقد قدمت لها عائلتها كل شيء—الحب، الحماية، المكانة في المجتمع. هل يمكنها حقاً أن تدير ظهرها لهم؟ هل يمكنها التخلي عن كل ما نشأت عليه، وهي تعلم أن قرارها سيجلب العار والدمار لاسم والدها؟

لكنها عندما نظرت في عيني خارام، رأت المستقبل الذي كانت تحلم به—حرية الحب، فرصة أن تكون مع شخص يفهمها حقاً، ويقدرها لما هي عليه، وليس فقط لما يمكنها أن تضيفه للعائلة.

انهمرت الدموع من عيني إيروم عندما اتخذت قرارها. كان صوتها بالكاد مسموعاً عندما نطقت أخيراً.

قالت بصوت مكسور: "لا أستطيع، خارام".

تجمدت تعابير وجهه، وكأنه لم يسمعها. "ماذا؟"

"لا أستطيع أن أترك عائلتي." قالت بصوت متحشرج، "أحبك، لكن لا أستطيع الهروب. والدي... يحتاجني. إذا رحلت، سيتحطم".

ظل خارام ينظر إليها للحظة، كأنه لا يصدق ما تقوله. ثم، تدريجياً، ادرك أنه اليقين. وانحنى كتفاه، وخبت النار في عينيه.

"إذاً، هذا هو القرار؟" قال بهدوء. "أنتِ تختارينهم".

انكسر قلب إيروم لرؤية الألم في وجهه. "لا أريد ذلك،" وبكت. "لكنني لا أملك الخيار. إذا هربت، سيتبعوننا. ولا أستطيع أن أعيش بفكرة أنهم سيؤذونك بسببي".

أخذ خارام نفساً عميقاً، وشعرت للحظة بأنه قد يحاول إقناعها مرة أخرى بتغيير قرارها. لكنه اكتفى بهز رأسه، وقد أشرق على وجهه تعبير القبول.

قال بصوت خافت: "فهمت. لطالما عرفت أن هذا قد يحدث.

لكن... كنت آمل أن نجد حلاً".

وقفا هناك لوقت طويل، والصمت بينهما مليء بالكلمات التي لم تُقال. أرادت إيروم أن تعانقه، أن تخبره أن كل شيء سيكون على ما يرام. لكنها عرفت في أعماقها أنه لن يكون كذلك. كلاهما على وشك فقدان شيء لن يستطيعا استعادته. أخيراً، ابتعد خارام، وعيناه تحملان كل جراحه التي يحاول إخفاءها. وقال بهدوء: "وداعاً، إيروم".

مزقت كلمات الوداع قلبها، ومدت يدها نحوه، يائسة لمنعه من المغادرة. لكنه قد استدار بالفعل ومضى، مختفياً في الظلام.

حين ابتلعه الظلام، انهارت إيروم على الأرض، تبكي بصوت مكتوم. لقد اتخذت قرارها، لكنها شعرت أنها فقدت كل شيء في هذه اللحظة، عائلتها، واجبها، حبها—لم تستطع الحصول على كل ذلك.

مع اقتراب يوم خطوبة إيروم، بدأ واقع قرارها في الاستقرار، لكن عواقب ذلك القرار لم تننه بعد. ربما كان خارام قد ذهب، ولكن العاصفة التي تلت ذلك القرار ستغير حياتها بطرق لم تكن تتوقعها.

الفصل السادس
الهروب إلى المجهول

عادت القرية إلى روتينها المعتاد، ولكن بالنسبة لإيروم، كانت الحياة بعيدة عن الطبيعية منذ أن اتخذت القرار المصيري بترك حبها من أجل الواجب القبلي. كان من المفترض أن تتم مراسم الخطوبة خلال ساعات قليلة، ومع ذلك كانت روحها في اضطراب شديد. كانت كلمات خارام تتردد في ذهنها، تتسرب إلى كل زاوية من أفكارها مثل السم.

كانت كل خطوة تخطوها نحو وقت خطوبتها أثقل من السابقة. لطالما كانت تعرف أن هذه الحياة، التي تمليها إرادة الآخرين، كانت محتومة. لكنها لم تتوقع الفراغ الخانق الذي يأتي معها.

في صباح ذلك اليوم، وجدت إيروم نفسها واقفة أمام المرآة، مرتدية الملابس التقليدية التي اختارتها والدتها بعناية لحفل خطوبتها. كان الحرير يلفها، وألوانه الزاهية تسخر من يأسها الداخلي. كانت عائلتها تزدحم من حولها، فرحين وفخورين،

غافلين عن العاصفة التي تعصف بقلبها.

كان والدها قد غادر بالفعل لإتمام الاستعدادات النهائية، وكانت والدتها تتابع كل التفاصيل بدقة، للتأكد من أن ابنتها تبدو مثالية في الحفل. ولكن في تلك اللحظات كان الكمال أبعد شيء عن ذهن إيروم.

ثقل المجهول، والحياة التي كانت تُجبرها على الدخول فيها، كان كل ذلك يخنقها بضغط لا يحتمل.

وبينما كانت تقف بجانب النافذة، تحدق في الجبال البعيدة، انجرفت أفكارها مرة أخرى نحو خارام. لقد غادر القرية، مختفيًا بلا أثر بعد لقائهما الأخير. لم تكن تعلم أين ذهب، سواء كان قد لجأ إلى الجبال للبحث عن حياة جديدة، أو رحل إلى المدينة، آملًا أن يبدأ حياة جديدة. "لقد دفعته للرحيل، كنت ضعيفة جدًا لأقاتل من أجله، والآن فقدته للأبد—ربما إلى الأبد." قالت ذلك في نفسها بصوت غير مسموع.

كانت تشعر بندم حارق في صدرها. لم تكن شجاعة بما يكفي لتختار طريقها، والآن عليها أن تسير في طريق اختاره الآخرون لها.

ارتفعت الشمس في السماء، مشيرة إلى اقتراب موعد الخطوبة. بدأ الضيوف في الوصول، وامتلأ المنزل بالضحكات والأحاديث. ولكن إيروم شعرت بأنها منفصلة عن كل هذا، وكأنها تراقب حياتها وهي تتكشف من بعيد.

ثم، دون سابق إنذار، أيقظها صوت هادئ من شرودها "أنتِ جميلة".

استدارت إيروم لتجد والدتها تقف خلفها، مبتسمة بلطف وفي عينيها فخر، ولكن هناك شيء آخر أيضًا شيء يشبه الارتياح. تساءلت إيروم للحظة إن كانت والدتها قد مرت بموقف مشابه، مجبرةً على تقديم تضحيات خاصة بها. لكنها لم تسأل. فبعض الأسئلة من الأفضل أن تظل بلا إجابة.

"شكرًا، أمي،" تمتمت إيروم، وصوتها بالكاد يكون مسموع.

مدت والدتها يدها لتعدّل خصلة من شعر إيروم برفق. "لقد اتخذتِ القرار الصحيح، يا ابنتي. هذا الزواج سيجلب الشرف لعائلتنا، وسيوفر لكِ الأمان".

الأمان. تلك الكلمة بقيت في الهواء بطعم مرير. كانت إيروم تعلم أن والدتها تقصد خيرًا، لكن فكرة الزواج من أجل الأمان

بدلاً من الحب كانت تشعرها بالخيانة لكل ما أرادته يومًا. قبل أن تتمكن إيروم من الرد، كان هناك طرق على الباب. ظهر والدها، مبتسـمًا بفخر وهو ينظر إلى ابنته. "حان الوقت،".

بدأ قلب إيروم ينبض بقوة في صدرها، وللحظة، ظنت أنه قد يغشـى عليها. لكنها أجبرت نفسها على التنفس، لتخطو خطوة تلو الأخرى.

تتبعت والدها في الممر، وأصـوات الحشـود المتزايدة تتعالى مع كل خطوة. كانت أفكارها تتدفق في دوامة محمومـة—— وجه خارام، صـوته، كلماته تتردد في ذهنها. كان محقًا. لقد استسلمت بسرعة، والآن، كانت تسير نحو مستقبل لا تريده.

وعندما وصـلوا إلى السـاحة، شـعرت وكأن الجدران تغلق عليها. استـدار الضـيوف لينظروا إليها، وجوههم مشـرقة بالتوقعات. كان زوجها المسـتقبلي يقف في الطرف البعيد من السـاحة، ينتظرها. كان غريبًا، رجلًا بالكاد تعرفه، ومع ذلك كانت على وشك الارتباط به لبقية حياتها.

شـعرت بأن قدمـاها ثقيلتان وهي تخطو خطوة أخرى إلى الأمـام. ثقل المجهول، وثقل المسـتقبل الذي لا تسـتطيع

السيطرة عليه، كان يسحقها. شعرت بصرخة في قلبها لتعود لتبحث عن خارام وتطلب غفرانه لكنه كان قد فات الأوان، فلم يعد هناك هروب الآن.

قبل بدء الحفل تمامًا، سماع دوّى صوت انفجار قوي من الخارج. تبادل الناس النظرات المضطربة، وخفق قلب إيروم. تبع الصوت انفجارٌ آخر، هذه المرة أقرب، وكأن شخصًا ما يحاول عن عمد تعطيل الأجواء. التفت الحشد نحو مدخل الساحة، وهمهمات من الارتباك تنتشر كالنار في الهشيم. فجأة، اندفع مجموعة من القرويين إلى الداخل، وجوههم شاحبة من الخوف، وملابسهم متسخة كما لو كانوا يركضون.
"رأيته. أعرف اسمه.. خارام!" صرخ أحدهم، متقطع الأنفاس، وصوته يرتجف. "لقد رحل"!

تجمد قلب إيروم في صدرها. اتسعت عيناها وهي تمسك بجوانب ثوبها، وانحبست أنفاسها.

"ماذا تقصد بأنه رحل؟" سأل أحد الضيوف، وصوته فيه فزع المتصاعد.

"غَادَر القرية!" قال قروي آخر، وهو يكافح لالتقاط أنفاسه. "وجدوا أشيائه متناثرة حول حافة الغابة. أشعل النار في مخزن الحبوب قبل أن يختفي في الجبال"!

انفجرت شهقات من الضيوف. وتجهم وجه والد إيروم، الذي كان يقف في مقدمة الحشد، يشتاط غضبًا.

"ماذا فعل؟" همس أحدهم. "إنه يحاول إفساد الحفل!" "لماذا فعل ذلك؟" صرخ شخص آخر. "لا نعرف" أجاب القرويون.

في حالة من الذعر، بدأ القرويون يندفعون لإخماد الحرائق الصغيرة التي أشعلها خارام حول الممتلكات، مصابيح مقلوبة قرب الماشية وفي مخزن الحبوب. بدأت الأدخنة تتصاعد من الزاوية البعيدة من المنزل حيث كان القش مشتعلاً، مما تسبب في حالة من الفوضى بينما تعثر الضيوف وهم يحاولون المساعدة. الجو الاحتفالي تحول إلى حالة من الهلع، حيث حاول القرويون والضيوف جاهدين احتواء الأضرار.

لازالت إيروم متجمدة في مكانها، وذهنها مضطرب. لقد فعل خارام هذا عن عمد، لتعطيل زواجها، لمنع ما كان محتومًا. ومع إدراكها لهذا، كادت ركبتاها أن تخذلانها.

"خارام... لماذا؟" همست؛ كان صوتها ضائع وسط الفوضى.

أمر والدها بصرامة، غاضبًا، ووجهه أحمر من الغضب. "ابحثوا عنه! فتشوا الغابة! أحضروه إلى هنا"!

لكن القروي الذي جلب الأخبار هز رأسه. "لقد رحل," كرر، وصوته يرتجف. "يقولون إنه اختفى في الجبال، في البرية. من الصعوبة العثور عليه".

ومع خمود النيران تدريجيًا، وحاولت الحشود استعادة الهدوء، غرقت إيروم في حزنها. خارام رحل. لقد ترك وراءه الفوضى، تاركًا إياها في حالة من الصدمة.

وبينما تملكتها مشاعر الذنب والخوف معاً، اتخذت إيروم قرارًا مفاجئاً. وبدون تفكير، استدارت وهربت!، مستغلةً انشغال والدها مع الضيوف والقرويين.

حملتها قدماها بسرعة نحو الغابة، نحو الجبال التي ذهب إليها خارام. لم تكن تعلم ما الذي ستفعله عندما تصل هناك، أو إن كانت ستجده. لكنها لم تستطع البقاء هنا، محاصرة في حياة لا تخصها، فقد كانت تعلم أن خارام في مكانٍ ما

ينتظرها في الغابة.

كانت الطريق أمامها غير واضحة، والمخاطر كبيرة. ولكن، ولأول مرة، شعرت إيروم بشيء يشتعل بداخلها كبصيص من الأمل، وروح من التمرد.

الفصل السابع
سعادة واستقرار

أعادهم القدر إلى المكان ذاته حيث تلاقت طرقهم لأول مرة ـ في قلب الغابة المظلمة.

وكأن الصدفة نفسها قد تآمرت لتجمعهم مرة أخرى، مدفوعين إلى مغامرة محفوفة بالمجهول.

كان حبهم، رغم أنه مدفون تحت طبقات من الخوف والقلق، يتلألأ ككرةٍ من اللهب، تضيء طريقهم عبر الظلال. وفي صمت الغابة، كانت أصواتهم تتردد كهمسات باهتة، تقودهم نحو بعضهم البعض مرة أخرى، كما لو أنهم قد قُدّر لهم اللقاء من جديد.

وبغض النظر عن العقبات أو الحواجز التي وقفت في طريق الحب الذي جمعهم بالصدفة، كان خارام متأكدًا من أنه سيتغلب على كل التحديات.

نظر خارام إلى إيروم بعزيمة في عينيه وقال: "يجب أن نذهب بعيدًا عن هنا، إيروم، إلى مكان لا يستطيع أحد العثور عليه".

أومأت إيروم برأسها والدموع تملأ وجنتاها، مترددة قليلاً بينما ارتجف صوتها: "لكن أين يمكننا الذهاب، خارام؟ سيبحثون عنا في كل مكان".

قال خارام بحزم: "سنذهب إلى الغابات، خلف الجبال، بالقرب من الحدود مع ميانمار. لا أحد يجرؤ على البحث عنا هناك".

ترددت إيروم للحظة، ثم همست: "هل أنت متأكد أننا سنكون في أمان؟"

أمسك خارام يدها برفق وقال: "إنها الطريقة الوحيدة، إيروم. سنكون معًا، وهذا هو الأهم".

وأثناء تنقلهما عبر الغابة والقرى، جمعا العديد من الاحتياجات ستلزمهما في وجهتهما المعزولة، دون أن يشعر أحد أنهما يهربان من مصير يحيط بهما إلى مصير آخر مجهول.

لم تعد عزلة الغابة مخيفة بالنسبة لخارام وإيروم. على مدار الأيام، فقد بنيا ملاذًا صغيرًا بين الأشجار، مكانًا بدا وكأنه زاويتهما الخاصة في العالم. بنى خارام، بيديه القويتين،

منزلاً متواضعًا من الأشجار والخشب والصخور، جدرانه خشنة لكنها متينة. لم يكن كبيراً، لكنه كان كافيًا.

لم تكن حياتهما الجديدة خالية من التحديات، فقد واجها المجهول بشجاعة وعزيمة، تاركين وراءهم القرية والتوقعات والأشخاص الذين كانوا يعرفونهم. الآن، يركزون على شيء أهم بكثير: الحياة الصغيرة التي تنمو داخل بطن إيروم.

وسرعان ما امتلأ المنزل الصغير بالضحكات. كانت المخاوف التي حملوها من القرية ـ مخاوف المستقبل والمجهول والبقاء ـ تتلاشى في وجودهم مع بعضهم البعض. كانت هناك صعوبات بالطبع، لكنها بدت صغيرة مقارنةً بفرحة انتظارهم لطفلهم الأول.

كانت البراري المحيطة بهما تبدو أشبه بملاذ آمن أكثر من كونها مكانًا للخطر.

"انظري"، كان يقول خارام كل صباح، واضعًا يده برفق على بطن إيروم المتزايد في النمو. "سيكون طفلنا قوي. أشعر بذلك".

كانت إيروم تبتسم، وقلبها يمتلئ بمزيج من السعادة والتوقع. "أتمنى أن تكون فتاة"، تهمس بصوت ناعم. "أريدها أن تعيش حياة مليئة بالحرية، حياة تستطيع فيها أن تختار طريقها بنفسها".

كان يضحك خارام، قائلاً: "وأنا أتمنى أن يكون ولدًا، ولدًا قويًا وشجاعًا، يحميك كما أفعل أنا".

غالبًا ما كانا يقضيان أيامهما في تخيل شكل طفلهما، ويتركان لأنفسهما حرية الحلم بمستقبل بعيد عن الاضطرابات التي تركاها خلفهما. كانت تلك اللحظات الصغيرة، المليئة بالأمل والحب، تجعل حياة العزلة التي اختاروها أكثر سلاسة.

كانت الحياة في الغابة تتطلب جهودًا خاصة، لكن خارام وإيروم وجدا طُرقًا للبقاء. اعتادا على العيش من خيرات الطبيعة، فزرعا بعض المحاصيل الصغيرة، وجمعا التوت والفواكه البرية. تعلم خارام الصيد، وكانت الغابة تُمثل لهما المعين الذي يمدهما بالغذاء وهم ينتظرون وصول طفلهما.

في كل يوم، كان خارام يتفقد إيروم، وعيناه تمتلئان بالدهشة وهو يراقب بطنها يكبر، وفي كل مرة كان يزداد حبه لها

بمرور الأيام.

"قريبًا"، كان يهمس لنفسه، "سنكون عائلة".

أما إيروم، فكانت تحلم بيوم لقائها مع طفلها. تخيلت ابنة ذات عينين متألقتين وروح قوية، فتاة ستضحك وتجري بين الأشجار، بعيدة عن القيود التي كبلت والديها.

في المساء، كانا يجلسان خارج منزلهما الصغير، يشاهدان النجوم والقمر يلمعان فوق رؤوس الأشجار. كان الكون ممتدًا في جمال لا متناهٍ، وهناك، في هدوء الليل، كان خارام وإيروم يتحدثان عن الحب، عن آمالهما، وعن المستقبل الذي ينتظرهما.

"هل تعتقدين أن الطفل سيحب العيش هنا؟" سألت إيروم ذات ليلة، وهي تستند برأسها على كتف خارام بينما ينظران إلى السماء.

أجاب خارام برقة وهو يلف ذراعه حولها: "أعتقد أن الطفل سيحب المكان طالما نحن هنا. سنجعل هذا المكان مليئًا بالحب، مهما كانت المسافة بيننا وبين القرية".

كانا يتحدثان غالبًا عن أسماء لطفلهما، يضحكان ويتجادلان

حول ما إذا كان سيكون صبيًا أم فتاة. لكن خلف الضحك، كان هناك دائمًا السؤال المتكرر: كيف سيوفران لهذا الطفل الراحة والاستقرار في هذا المكان البعيد، بعيدًا عن وسائل الراحة التي اعتادا عليها في القرية؟

"سندبر أمورنا"، كان يقول خارام بثقة. "سنجد طريقة. هذا الطفل سيحظى بكل ما يحتاجه وأكثر. سنمنحه حياة مليئة بالحب والحرية".

مر الوقت بسرعة في الغابة، وكل يوم كان يقربهما من ولادة طفلهما. وعلى الرغم من انعزالهما عن العالم، لم يشعرا بالوحدة كأنها عبء.

بل أصبحت نوعًا من الحرية، حياة يستطيعان فيها تحديد سعادتهم دون تدخل من الآخرين. فقد هربوا من أحكام وقيود القرية والقبيلة، وفي هذه الحياة الجديدة، وجدوا سلامًا لم يعرفوه من قبل.

كانت أيامهم بسيطة لكنها مليئة بالإنجازات. كانت إيروم تشغل نفسها بالتحضير لطفلها، خياطة قطع صغيرة من القماش لصنع ملابس صغيرة، بينما يقضي خارام وقته في

تقوية منزلهما، تدعيم الجدران وتجميع المؤن للأشهر الباردة القادمة. معًا، خلقا عالمًا خاصًا بهما، حيث ازدهر الحب والأمل على الرغم من الغموض الذي يحيط بهما.

كل مساء، كانا يجلسان بالخارج، يدا بيد وهما يراقبان السماء تغرب، والنجوم تضيء فوقهما. كانا يتحدثان عن حبهم لبعضهما البعض، عن الفرح الذي جلبه طفلهما القادم لحياتهما، وعن الأحلام التي ينسجانها لمستقبلهم كعائلة.

الأيام تحولت إلى أسابيع، ومع كبر بطن إيروم زاد حماسهما. لقد بنيا حياة في البرية، حياة مليئة ببهجة قضاء الوقت معًا وانتظار ولادة طفلهما. رغم الصعوبات التي واجهاها في رحلتهما والتحديات التي قد تنتظرهما، وجدت السعادة طريقها إليهما في المكان الذي لم يتوقعا أن يجداه.

قريبًا، سيلتقيان بالطفل الذي سيكمل عائلتهما، الروح الصغيرة التي ستضيء حياتهما أكثر من النجوم في السماء.

وبينما كانا ينتظران، استمر الحب في ملء كل ركن من منزلهما الصغير. اختفت مخاوف المجهول، وتلاشت هموم المستقبل، وتبددت العزلة التي شعرا بها، كل ذلك بفضل

السعادة التي منحها لهما اليقين بأنهما يملكان بعضهما البعض، وأن طفلهما سيأتي قريبًا ليكمل حياتهما.

الفصل الثامن
الهمسات المخيفة والكوابيس المزعجة

مع مرور الوقت وازدياد طول الأيام، بدأت مشاعر من القلق تسيطر على إيروم، كظل ثقيل غير مرئي. في البداية، كانت هذه المشاعر خافتة، كهمسات بالكاد تُسمع في ذهنها، لكنها مع مرور الأيام تحولت إلى أصوات واضحة وأشد إلحاحًا. كانت تأتيها في اللحظات الهادئة من الليل، عندما تكون الغابة مظلمة والعالم نائم.

في البداية، حاولت إيروم تجاهلها كأفكار عابرة، مخاوف عادية قد تمر بأي أم حبلى. لكنها سرعان ما أدركت أن هذه الهمسات كانت تتكرر، وأنها كانت تصاحبها أحلام مزعجة أكثر رعبًا. كل ليلة، عندما تخلد إلى النوم بجوار خارام، كانت أحلامها تتعرض لصور مرعبة تملأها بالخوف.

في هذه الكوابيس، كان هناك حضور شرير يحيط بها، يحذرها بشأن الحمل الذي تحمله. كان الأمر كما لو أن شيئًا أو شخصًا ما يريدها أن تؤمن بأن الحياة التي بداخلها ليست نعمة، بل لعنة. ازدادت الهمسات في كل ليلة، قائلةً لها بأن

تتخلص من الطفل قبل فوات الأوان.

حاولت إيروم إبعاد هذه الأفكار والتركيز على الحب والسعادة التي بنتها مع خارام معًا. لكن الهمسات كانت عنيدة، والكوابيس كانت تحمل صورًا مشوهة وملتوية كانت تسرق سعادتها، وبدأت في مطاردتها كل ليلة.

جاءت الهمسات بأشكال مختلفة. في بعض الأحيان، بدت كصوت الرياح التي تهب بين الأشجار، تحمل معها صوتًا هادئًا يصعب فهمه. وفي أوقات أخرى، كانت حادة، كما لو كانت بجانب أذنها مباشرةً. ثم جاءت الأحلام بنفس الكابوس المزعج الذي تكرر بشكل شبه يومي.

في الحلم كانت ترى نفسها واقفةً في وسط غابة مظلمة، ويداها مغطاتان بالدماء، وصوت بارد وغامض يتردد في الأفق: "تخلصي من هذا الطفل... قبل أن يدمر حياتكما." كانت الكوابيس واضحة للغاية، فكانت تستيقظ متصببةً عرقًا، وقلبها ينبض بشدة، غير قادرة على التخلص من الصور التي تعشعش في ذهنها.

على الرغم من رعب الكوابيس، اختارت إيروم ألا تخبر خارام. لم تكن تريد أن تثقل عليه بمخاوفها، خاصةً وأنه كان

سعيدًا ومتحمسًا للطفل. لم تتحمل فكرة إفساد الحب والفرح اللذان ملأ أيامهما. لذا، أبقت الكوابيس لنفسها، دفنت الخوف عميقًا في داخلها، حتى وإن كان قد بدأ يستهلكها من الداخل.

مع مرور الأيام، بدأت حالة إيروم النفسية تتدهور. بدأت المرأة المفعمة بالأمل والسعادة تتلاشى، وحل محلها شخص مشوش، غارق في أفكاره. كانت تبتعد عن خارام، ليس لأنها كانت تريد ذلك، ولكن لأنها كانت تخشى الهمسات، وتخشى الأحلام، أن تخدش سعادة وأحلام خارام.

لاحظ خارام التغيير. فقد رأى كيف بدأت ابتسامة إيروم تتلاشى، وكيف انطفأ النور في عينيها. حاول أن يسألها عما كان يزعجها، لكن إيروم كانت تتهرب من الإجابة دائمًا، مدعيةً أن كل شيء على ما يرام.

لكن الأمور لم تكن بخير.

استمرت الهمسات ليلًا بعد ليل، وازدادت الكوابيس شدة. كانت هناك لحظات تستيقظ فيها إيروم في منتصف الليل، مرتجفة، وقلبها ينبض بجنون، والشعور بالذعر يتملكها. ومع ذلك، كانت تحتفظ بكل شيء داخلها، لا ترغب في تعكير السلام الذي وجداه.

ولكن خارام لم يكن الشخص الذي يُخدع. كان يعرف أن هناك شيئًا خاطئًا، حتى لو لم تعترف إيروم به. كان يرى كيف أصبحت بعيدة، وكيف بدأ الثقل الذي كانت تحمله بوضوح يؤثر على روحها.

ومع تزايد حدة الكوابيس، بدأت إيروم تشك في كل شيء. لم تستطع فهم سبب ملاحقتها من قبل هذه الأفكار المظلمة. لقد ضحت بكل شيء ـ حياتها، سعادتها، ومستقبلها ـ للهروب مع خارام وحماية الحياة التي بداخلها. ومع ذلك، كانت هذه الهمسات تخبرها بأن تفعل المستحيل.

"كيف يمكنني التخلص من الطفل الذي ناضلت لحمايته؟" كانت تسأل نفسها، مرة تلو الأخرى. الفكرة كانت تبدو مستحيلة، سخيفة حتى. لكن الكوابيس كانت تلاحقها، وتزرع بذور الشك والخوف في أعماق قلبها.

كل يوم أصبح معركة بالنسبة لإيروم ـ معركة بين الحب الذي كانت تشعر به تجاه جنينها والخوف الذي زرعته الهمسات فيها. بدأت تشعر بالاختناق، كما لو أن الغابة التي كانت يومًا ملاذًا لها أصبحت الآن تُطبق عليها، تخنقها بأسرارها المظلمة. كانت تجلس وحدها لساعات، ضائعة في

أفكارها، وذهنها مليء بمشاعر متناقضة.

ورغم محاولتها إخفاء الأمر، كان خارام يرى التأثير الذي كان يتضح عليها. كان يرى كيف أصبحت بعيدة، وكيف أن المرأة النابضة بالحياة التي أحبها بدأت تتآكل ببطء من الداخل.

تزايد الخوف في قلب إيروم مع كل يوم يمر. كانت الهمسات تخبرها بأن الطفل الذي تحمله لن يجلب سوى الخراب، وأنه سيمزق الحياة التي بنوها معًا.

ومع محاولتها تجاهل الهمسات، كانت تزداد قوةً.

أخيرًا، وجدت إيروم نفسها على شفا اتخاذ قرار كانت بالكاد تستطيع استيعابه. الكوابيس والهمسات أصبحت ساحقة، لدرجة أنها بدأت تفكر في المستحيل. هل يمكنها التخلص من الحمل؟ هل يمكنها إنهاء الحياة التي كانت محور سعادتها؟

هزت رأسها، محاولةً كبح الدموع. لا، أخبرت نفسها. لا يمكنها فعل ذلك. لا يمكنها السماح للهمسات بالانتصار. ولكن الأفكار استمرت في إزعاجها، تجذبها إلى زوايا ذهنها، تجعلها تشكك في كل شيء.

مرت الأيام في هذا العذاب، واستمرت إيروم في إخفاء الحقيقة عن خارام. لم تكن تريد إثقال كاهله بالظلام الذي استولى عليها. ولكن دون جدوى، ازدادت الهمسات والكوابيس إلى درجة لا تستطيع إيروم تحملها، لم تعد قادرة على تحمل هذا الوضع البائس.

ومع وقوفها على حافة هذا القرار المرعب، أدركت إيروم أنها لم تعد تستطيع تحمل ثقل السر الذي كانت تخفيه. السؤال حول كيفية حماية نفسها وجنينها وحبها لخارام أصبح يشغل ذهنها. ولكن ماذا يمكنها أن تفعل؟ كيف يمكنها إيقاف الهمسات؟!

والأهم ـ إلى متى يمكنها إخفاء الحقيقة عن الشخص الذي تحبه أكثر من أي شيء آخر؟

الفصل التاسع
السلوكيات الغريبة

مرّت ستة أشهر منذ فرار خارام وإيروم إلى الغابة بحثًا عن الأمان والعزلة. خلال ذلك الوقت، بدأت حياتهما تتخذ نمطًا غريبًا، نمطًا يتشكل من هدوء الغابة، وبساطة أيامهما، والترقب المتزايد لطفلهما المنتظر. كان بطن إيروم يكبر مع مرور الوقت، علامة على الحياة الجديدة التي كانا ينتظرانها بشغف. ولكن على الرغم من السعادة التي اعتاد خارام رؤيتها في عيني إيروم، شيء ما كان قد تغيّر.

حاول خارام أن يتجاهل ذلك مرارًا وتكرارًا. أقنع نفسه بأن هذه مجرد ضغوط الحمل، أو ربما نتيجة الشكوك حول مستقبلهما، أو حتى العزلة التي فرضاها على نفسيهما بعيدًا عن العالم. لكن مع مرور الوقت، لم يعد قادرًا على التخلص من الشعور بأن هناك أمرًا أعمق يزعج إيروم.

لم تعد تبتسم كما كانت من قبل. وبدأت خفة الظل التي كانت تُضفيها على أيامهما تتلاشى تدريجيًا. لاحظ خارام أن إيروم بدأت تتشرد كثيرًا، وتغوص في أفكارها، وكأن عقلها مشغول

في مكان آخر بعيد. كانت تجلس لساعات طويلة في صمت، تحدق في الغابة وكأنها تنتظر شيئًا، أو ربما شخصًا، لا يراه إلا هي!

حاول خارام التحدث معها، محاولًا أن يجعلها تضحك، ويعيد إليها شرارة الفرح التي كانت تميز حبهما. ولكن بغض النظر عن محاولاته، كانت إيروم تبدو مشتتة، وكأن عقلها في مكان بعيد.

ومع مرور الأيام، ازداد قلق خارام. بدأت سلوكيات إيروم الغريبة تتضح وتصبح أكثر صعوبة للتغاضي عنها. أصبحت تميل إلى مغادرة المنزل في أوقات غريبة، وتتجه إلى الغابة لتجلس وحيدة تحت شجرة تقع على مسافة قصيرة من منزلهما. كان خارام غالبًا ما يراقبها من نافذة المنزل، متسائلًا عمّا تفكر فيه وهي جالسة هناك في صمت.

كل يوم، كانت تجلس إيروم بجانب الشجرة، وتهمس لنفسها بصوت بالكاد يُسمع: "لماذا أنا هنا؟" كانت تقول بعينين شاردتين، "وماذا عن عائلتي؟ إلى متى سنبقى مختبئين هكذا؟" تتوقف للحظة، ويكسو وجهها ظل من القلق. "وهذه الكوابيس... ما معناها؟"

تســاؤلات تلو الأخرى تُترك في الهواء بلا إجابات، مما يجعلها أكثر اضطرابًا مع مرور الأيام.

في البداية، لم يُعِر خارام الأمر اهتمامًا كبيرًا. ربما كانت بحاجة لبعض الوقت وحدها، كما قال لنفسه. الحمل صعب، والحياة في عزلة ليست سهلة أيضًا. ولكن مع تكرار جلوس إيروم إلى جانب تلك الشــجرة وزيادة مدة غيابها، بدأت الشكوك تتعمق في نفسه أكثر وأكثر.

مـاذا كـانت تفعل هنـاك وحدها؟ لمـاذا تغيّر مزاجها بهذه الطريقة الجذرية؟ والأهم من ذلك، ما الذي كانت تخفيه عنه؟ في أحد الأيام، قرر خارام أن يتبع إيروم ســرًّا. كان بحاجة لمعرفة ما يجري، حتى لو كان ذلك يعني مواجهة حقيقة قد لا يكون مستعدًا لها. انتظر حتى غادرت المنزل، تسير ببطء نحو مكانها المعتاد تحت الشــجرة. وبمجرد أن تأكد من أنها على مسـافة كافية، خرج من المنزل وتبعها بحذر، ملتزمًا بالبقاء بعيدًا عن أنظارها.

عندما وصـل خارام أخيرًا إلى الشــجرة، اختبأ خلف شـجيرة قريبة، ونظر من خلال الأوراق ليراقب إيروم. وما رآه كسر قلبه.

كانت إيروم جالسة تحت الشجرة، تضم ركبتيها إلى صدرها، والدموع تتدفق على وجنتيها. كانا كتفاها يرتجفان بصمت، ويداها مضـــغوطتان على خديها بينما كانت تنظر إلى الغابة الغريبة الواسـعة أمامها. بدت ضـعيفة للغاية، ضـائعة وكأن ثقل العالم كله قد وقع على كاهلها في تلك اللحظة.

شـعر خارام بفيض من مشـاعر القلق والحيرة، وحزن عميق على المرأة التي يحبها. أراد أن يركض نحوها، يواسـيها، ويسـألها عمّا يزعجها. لكن شـيئًا ما منعه من ذلك. ربما كان شعورًا غريزيًا بضرورة إعطائها مساحة، أو ربما كان خوفه مما قد تقوله إذا سألها مباشرةً.

لذا بدلًا من مواجهتها، اتخذ خارام القرار الصـــعب بالبقاء مختبئًا. راقبها من قرب، وقلبه ينفطر لرؤية الألم الصـامت الذي تمر به. لكنه قال لنفسـه إنه لن يضغط عليها ـ ليس بعد. فالأمر الذي يزعج إيروم سـيظهر في الوقت المناسـب، وكل ما عليه فعله هو الانتظار بصبر.

في الأيام التي تلت، لم يستطع خارام التوقف عن التفكير فيما رآه. كانت صـــورة إيروم وهي تبكي وحدها تحت الشـــجرة تلاحقه. أعاد تذكّر هذه اللحظة مرارًا وتكرارًا في ذهنه،

متسـائلًا عمّا قد يسـبب لها هذا الألم الكبير. هل كان الأمر متعلقًا بالحمل؟ هل كانت تشـتاق إلى أهلها وحياتها السـابقة؟ هل سمعت شيئًا في الغابة أقلقها؟ أم أن الأمر أعمق من ذلك، شيء لم تبح به له بعد؟

بغض النظر عن كل هذه المخاوف، اسـتمر خـارام في التصرف كما لو أن كل شـيء طبيعي. لم يرغب في الضغط على إيروم للكشف عن أسـرارها قبل أن تكون مسـتعدة لذلك. ولكن في داخله، كانت مشـاعر القلق تتزايد يومًا بعد يوم. لم تتغير محبته لإيروم، ولكن حالة عدم اليقين بدأت تثقل عليه.

وفي نفس الوقت، اسـتمرت تصـرفات إيروم الغريبة. فما زالت تقوم بزياراتهـا اليومية إلى الشـجرة، وتعود بعينين محمرتين وحزن هـادئ تحـاول إخفـاءه خلف ابتسـامة مصطنعة. لكن خارام كان يستطيع رؤية الحقيقة. كان يعرف أن هنـاك خطبـاً مـا، حتى لو لم تكن إيروم جاهزة للبوح به بعد.

كان خارام يجد نفسـه غالبًا مسـتيقظًا في الليل، يحدق في السـقف، متسـائلًا عمّا يدور في ذهن إيروم. كان يتمنى أن يتمكن من مسـاعدتها، أن يخفف من آلامها، لكن كيف يمكنه

ذلك وهي ترفض مشاركته بما يزعجها؟

تحولت الأيام إلى أسابيع، وما زالت إيروم تحتفظ بسرّها.

لكن خارام كان يعلم أن الحقيقة كانت كامنة تحت السطح، تنتظر اللحظة المناسبة لتظهر. وعندما تأتي تلك اللحظة، لم يكن يستطيع سوى أن يأمل أن يكون حبهما قويًا بما يكفي لتحمل ما قد يأتي بينهما.

الفصل العاشر
اكتشاف المخفي

كان التوتر في الأجواء قد وصل إلى مستوى لا يُطاق. لم يعد بإمكان خارام تجاهل الحزن الذي سيطر على إيروم. ازدادت نوبات بكائها خارج المنزل مراراً وتكراراً، وأصبحت تصرفاتها الغريبة أكثر حدة. كانت تعاني من شيء أعمق مما يمكن فهمه. أخيراً، وبعد أن راقبها وهي تبكي بصمت تحت الشجرة نفسها، قرر خارام أن الوقت قد حان لمعرفة ما يُقلقها.

بينما كانا يجلسان بجانب النار تلك الليلة، وأصوات فرقعة اللهب تملأ الصمت، أخذ خارام نفساً عميقاً والتفت إلى إيروم.

"إيروم"، بدأ بنعومة، محاولاً ألا يُثير قلقها، "لقد لاحظت أنك تبكين كثيراً، وأصبحت بعيدة. أنتِ لستِ كما عهدتكِ. أرجوكِ، أخبريني ما الذي يجري. لا أستطيع تحمل رؤيتكِ هكذا."

في البداية، بقيت إيروم صامتة، عيناها مثبتتان على ألسنة

اللهب المتراقصـــــة. لكن خـارام رأى أنهـا كـانت ترتجف، والدموع التي كانت تحاول كبحها بدأت تتساقط أخيراً.

"خارام"، همســـت، وصـــوتها يرتعش، "لم أرد أن أخبرك لأنني لم أرد أن أقلقك. ولكن... لم أعد أســـتطيع كتمان الأمر. هناك شيء خاطئ".

ارتفع نبض خـارام بينمـا اقترب منهـا، محثـاً إيـاهـا على الاستمرار.

"كنت أرى كوابيس"، اعترفت وهي تمســـك بطنها المتزايد حجماً. "كوابيس تأتيني كل ليلة. تخبرني... تخبرني أن الطفل الذي أحمله ليس كما نظن. تخبرني... أن أتخلص منه".

تجمد خارام، وكأن الأرض انشـــقت من تحته. عقله كان يفكر بسرعة محاولاً فهم ما تقوله إيروم.

"كوابيس؟" كرر بصـــوت بالكاد يكون همســـاً. "ما نوع هذه الكوابيس؟"

مسحت إيروم دموعها وأكملت، وصـــوتها مليء بمزيج من الخوف والإرهاق. "أرى... أرى شـــيئاً مظلماً في أحلامي. أفعى ســـوداء، خـارام. دائمـاً مـا تكون هنـاك، ملتفة بداخلي،

تنتظر. تنظر إليَّ بتلك العيون الباردة، وأشـعر بخبثها. تريد أن تؤذينا. تريد... قتلنا. وكل ليلة، تقول لي أن أنهي هذا الحمل قبل أن يفوت الأوان".

شـعر خارام وكأن جسـده تجمد، وارتعش عموده الفقري من الرعب بينما كان يستمع إلى كلماتها. الأفعى. الأفعى السوداء المخيفة. كان يعلم بالضـبط عما تتحدث، لأنه كان يرى نفس الكابوس منذ وصولهم إلى الغابة!

لقد رآها ليلة تلو الأخرى، نفس الأفعى السـوداء في أحلامه، ملتفة بإحكام وتنظر إليه بنظرة قاتلة. لكنه كان قد كتم الأمر لنفسـه، معتقداً أنه مجرد خيال ناتج عن العزلة والتوتر من ظروفهم. لم يتخيـل أبداً أن إيروم كـانت تمر بنفس الرؤى المرعبة.

"إيروم"، قال خارام وصـوته يرتعش، "كنت أرى ذلك الحلم أيضاً... عن الأفعى السـوداء. كانت تطاردني أيضاً. كل ليلة، أشـاهدها، مثلك تماماً. ظننت أنها مجرد كابوس. لم أظن أبداً أنها تعني شيئاً".

اتسـعت عينا إيروم في دهشـة. "أنت أيضـاً رأيتها؟ لماذا لم

تخبرني؟"

"لم أرد أن أخيفك"، اعترف خارام وهو يمرر يديه على شعرها بقلق. "اعتقدت أنها مجرد كابوس، لا أكثر. لم أعتقد أنها تحمل معنى".

للحظة، جلسا في صمت، وكلاهما يعاينان الحقيقة المرعبة بأنهما كانا يتشاركان نفس الكابوس منذ شهور. في هذه اللحظة كان ثقل الخوف الذي كانا يكتمانه عن بعضهما البعض ساحقاً.

ما زاد من مخاوفهم هو الألم المستمر في بطنها وشكله الغريب وغير الطبيعي. لم تكن تشعر بأي حركة من الطفل داخلها، وكل يوم كان الصمت يؤرقها، ويزيد من إحساسهم المتزايد بالخوف.

لكن بعد ذلك، تحدث خارام مرة أخرى، هذه المرة بإصرار أكبر. "إنه مجرد حلم، إيروم"، قال بحزم، محاولاً إقناعها وأيضاً إقناع نفسه. "ليس حقيقياً. لا يمكن أن يكون حقيقياً. لقد كنا تحت ضغط كبير، ونعيش في مكان غير مألوف. العزلة، وعدم اليقين... يلعبان بعقولنا. هذا كل ما في الأمر".

نظرت إليه إيروم، وعينيها مليئتين بالشـك. "لكن ماذا لو لم يكن مجرد حلم؟ ماذا لو كان هناك شيء... خطأ؟"

هز خارام رأسـه. "لا. لن أصدق ذلك. لا يمكننا السماح لهذه الكوابيس بالسـيطرة علينا. أنتِ الآن في الشـهر الثامن من حملك، إيروم. قريباً، سـيكون طفلنا هنا، وسـتصبح هذه الكوابيس مجرد ذكرى سيئة. سترين، عندما نحمل طفلنا بين أيدينا، ستتغير كل الأمور".

مد يده وأخذ يدها، وضغط عليها بشـدة. "لقد قطعنا شـوطاً طويلاً كي نسـتسـلم للخوف الآن. طفلنا على وشـك القدوم، وعندما ترينه يلعب أمامنا، سـتبدو هذه الكوابيس كذكرى لا أكثر. علينا فقط أن نجتاز هذه المرحلة الأخيرة".

تنفسـت إيروم بعمق، محاولةً أن تهدئ نفسـها. كلمات خارام جلبت لها بعض الراحة، لكن الخوف ظل قائماً. "هل تعتقد حقاً أن الأمور سـتتغير بعد وصـول الطفل؟" سـألت بصـوت منخفض.

"أنا واثق من ذلك"، قالها خارام بقناعة. "تلك الكوابيس إنها مجرد نتيجة لعزلتنا. ليس لها صـلة بالواقع. سـنكون بخير.

علينا فقط أن نصمد قليلاً بعد".

بهدوء، أومأت إيروم برأسها، محاولةً العثور على السَّكِينة في تطمينات خارام. "حسناً"، همست، "سأحاول نسيان الكوابيس. سأركز على طفلنا، وعلى المستقبل" وهي تمسح دموعها.

ابتسم خارام بلطف، وانحنى ليقبل جبينها. "هذه هي إيرومي. كل شيء سيكون على ما يرام. سنتجاوز هذا معاً".

بينما كانا يجلسان بجانب النار، ودفء النيران يحتضنهما، عقد خارام وإيروم عهداً على ترك الكوابيس خلفهما والتركيز على الحياة (طفلهما) التي على وشك أن تأتي إلى العالم. لكن حتى مع تلك الكلمات، في أعماقهما، كان كلاهما يعلم أن ظلال أحلامهما لن تُنسى بسهولة.

ربما كانت الأفعى السوداء مجرد خيال، لكنها ظلت تراقب وتنتظر.

الفصل الحادي عشر
الراحة المنتظرة

أصـبحت الأيام ضـبابية بفعل القلق والتوتر، فقد حلّ موعد ولادة إيروم ومرّ دون أن يظهر الطفل، الذي ظل متشـبثًا داخلها. الآن، وهي تدخل في شـهرها العاشـر من الحمل، كانا يعدّان كل ساعة تمر، وثقل آمالهما يعلو فوق رأسيهما.

كان خارام يلاحظ أن بطن إيروم قد انتفخ بشكل غير طبيعي، يتجاوز مـا هو معتـاد في الحمـل. كـان هـذا المنظر يملأه بالخوف، لكنه اختار ألا يعبر عن مخاوفه بصـوت عالٍ. لم يرغب في زيادة توترها، خاصـــةً وهي تكافح بالفعل مع مخاوفها وعدم يقينها.

ومع ذلك، كان الانتفاخ يزداد سـوءاً كل يوم، ويبدو أن جلدها مشدود كأنه على وشك التمزق. شعر خارام بإحساس ساحق بالعجز. كـانا في منطقة معزولة، بعيدين عن أي مصـدر للمسـاعدة الطبية أو الإرشـاد. ومع عدم وجود أحد حولهما للمساعدة، كان عليهما استكشاف هذا الطريق المجهول نحو الأبوّة وحدهما.

تدهورت صحة إيروم بشكل مستمر. كان الإرهاق واضحًا على وجهها، وكان خارام يرى الألم في عينيها وهي تكافح لتحمل عبء الطفل داخل بطنها. كل يوم كان يجلب مستوى جديداً من الانزعاج، ومعه شعور متزايد بالخوف. شعر خارام بألم في قلبه من أجلها؛ كان يتمنى لو استطاع أن يخفف من ألمها، أن يخفف من العبء الذي تحمله.

همست إيروم ذات مساء، محطمةً سكون الغابة، "ماذا لو كان هناك خطب ما؟" كانا يجلسان خارج منزلهما الصغير، والهواء الليلي بارد ومليء بأصوات الطبيعة. التفت خارام إليها، وقلبه ينبض بسرعة.

"إيروم، لا تقولي ذلك"، حثها برفق. "كل شيء سيكون على ما يرام. نحن فقط بحاجة إلى التحلي بالصبر. قريباً، سنحمل طفلنا بين أذرعنا".

"لكن ماذا لو... ماذا لو لم يكن الطفل جاهزاً؟" همست، ونظرت إلى بطنها المتورم. "ماذا لو لم أتمكن من الولادة؟ ماذا لو... لم أتمكن من الاعتناء به؟"

وضع خارام يده على كتفها مهدئًا، واقترب منها أكثر.

"ستكونين بخير. أنت قوية، إيروم. لقد قطعتِ شوطًا طويلاً، وأنا أؤمن أنك قادرة على هذا. علينا أن نثق أن كل شـــيء سينتهي بخير".

ولكن لم يستطع خارام أن يهز الشـعور القبيح الذي يسيطر عليه، أن هناك شيئاً خاطئاً. الأحلام، الكوابيس التي عاشـاها، العلامـات المريبـة التي أحاطت بحمل إيروم، كل ذلك كان يثقل كاهله ويضـــغط بقوه على ذهنه. ماذا لو كانت الكوابيس ليست مجرد أحلام؟ ماذا لو كانت تحذيرات؟ حاول خارام أن يتخلص من تلك الأفكار، لكنها كانت تلتصق به كظله الذي لا يفارقه. لا يزال هناك أمل، كان يذكر نفسـه. الأمل أن بعد ولادة الطفل، ســـتعود إيروم إلـى حالتها السـابقة، صـحية ومفعمة بالحيوية.

ومع شروق الشمس وغروبها، أصبحت الأيام كأنها حلقة لا تنتهي من القلق والانتظار. بدأ خارام في مراقبة إيروم عن كثب، يلاحظ علامات تدهور حالتها. أصـــبحت أضـــعف، ووجهها شـــاحباً، وعينيها تفقدان بريقهما، ومع ذلك كانت تحاول الحفاظ على روحها عالية من أجله. الغابة التي كانت تبدو في الماضـي كملاذ، الآن تبدو كقفص.

اشـــتاق خارام لرؤية أي شـــخص يمكن أن يســاعدهما في مواجهة هذا المجهول. ولكن هنا، كانا وحيدين تمامًا، وبدأت حقيقة عزلتهما تثقل على قلبه.

وفي ليلة من الليالي، بينما كانا يجلســـان على ضـــوء النار الخافت، شـــهقت إيروم فجأة، ووضـــعت يدها على بطنها. "خارام!" صـــــاحت، وصـــوتها مزيج من الـذعر وعدم التصديق. "أعتقد... أعتقد أن شيئًا يحدث"!

خفق قلب خارام وهو يقترب منهـا، ويداه ترتعشـــان فوق بطنها. "ماذا تشعرين؟ هل هو الطفل؟"

"لا أعرف!" صـــرخت إيروم، والدموع تلمع في عينيها. "أشعر... كأن الطفل يحاول أن يخبرني بشيء".

أخذ خارام نفسًـا عميقًـا، محاولاً البقاء هادئاً. "تنفسـي بعمق، إيروم. ركزي على تنفسـك. نحن نسـيطر على الأمر. أنت قوية. اصمدي".

ولكن مع مرور الدقائق، اشـــتد الضـــغط في بطنها، وتحولت تعابير إيروم من الخوف إلى الألم. كانت أفكار خارام تتسارع حول الأحلام التي عاشاها معًا، التحذيرات، المشاعر السيئة.

في أعماق قلبه، كان يأمل بشـــدة ألا تتحقق، وأن يولد طفلهما بصـــحة وعافية. كان عليه أن يؤمن بأنهما ســيجدان الراحة قريبًا، وأن هذه المحنة ستنتهي أخيرًا.

عندما حل الظلام، ساد الصمت الغابة بشكل مخيف، ولم يكن يُسمع سوى حفيف الأوراق وأنفاسـهما الثقيلة. أمسـك خارام بيدي إيروم، شـــعر بحرارتها وقوتها، وهمس، "مهما حدث، أنا هنا معك. لستِ وحدك في هذا".

في تلك اللحظة، كانا محاطين بظلام الغابة وثقل الشـــكوك، تشبثا ببعضـهما البعض، يستمدان القوة من حبهما، ويأملان أن تأتي الراحة المنتظرة مع ولادة طفلهما.

الفصل الثاني عشر
حمل غريب

مع مرور الأيام، أصبح من الواضح بشكل مؤلم أن حمل إيروم قد دخل مرحلة غريبة ومرعبة. الآن، وهي في بداية شهرها الحادي عشر، كان بطنها يتضخم أكثر من أي وقت مضى، ليصبح تذكرة مشؤومة بالحياة التي تحملها داخلها. كان خارام يشاهد بلا حول ولا قوة، بينما تحول عدم راحتها إلى عذاب، وكل يوم كان يتخلله ضغط وألم يتزايد ليملأ جسدها.

في مواجهة هذا الوضع المقلق، لجأ خارام وإيروم إلى إيمانهما، وزادا من صلاتهما وابتهالاتهما، طالبين من الله التدخل لتخفيف معاناتهما. كانت إيروم تهمس إلى الليل بصوت مرتجف: "أرجوك، ساعدنا على تجاوز هذا".

وبأمل ضئيل، غاص خارام في معرفته المتواضعة بالأعشاب الطبية. كان يجوب الغابة بحثًا عن النباتات والأعشاب التي قد توفر بعض الراحة لإيروم من الألم الذي أصبح لا يطاق. كان يعود إليها محملاً بأوراق من الأعشاب، وقلبه مفعم

بالأمل، لكن في كل مرة، كانت ابتساماتها الحزينة تتلاشى وسط تعابير الألم التي تكسو وجهها.

"إيروم، جربي هذه الأوراق"، قال لها خارام وهو يضع بيده خليطًا من الأوراق المطحونة بين يديها. "ربما يساعدكِ." حاولت أن تبتسم له برقَّة، لكن البريق في عينيها قد خفت.

"شكرًا لك، خارام. أنت تبذل جهدًا كبيرًا." لكن اللحظة كانت عابرة، إذ اجتاحتها موجة ألم أخرى، جعلتها تنحني من شدة الألم، وتلهث من صعوبة التنفس.

وفي الليل، بينما كان خارام مستلقيًا مستيقظًا، يستمع إلى صرخات إيروم المؤلمة التي تتردد في سكون الغابة، بدأت أفكاره تأخذ منحى مظلمًا. لم يستطع الهروب من الرؤى المخيفة التي تعصف بذهنه. مع كل صرخة وألم يخترق سقف الكوخ الصغير، كان يتخيل شيئًا آخر في بطنها، ليس طفلًا، بل ثعبانًا عظيمًا ملتفًا داخلها، يزداد التفافه مع كل صرخة ألم.

هل يمكن أن يكون ذلك صحيحًا؟ هل يمكن أن يكون شيء شرير قد استوطن في رحمها؟ كان هذا الفكر البشع كان يعتصر معدته، وكلما طال ألمها، كلما زاد تصديقه لذلك. كان

من المستحيل أن يتحول شيء جميل كهذا إلى مصدر من هذا العذاب.

في ضوء القمر الخافت المتسلل بين الأشجار، كان خارام يتقلب، يصارع تلك الصور التي تلاحقه.

كل أنّة من أنّات إيروم كانت تجلب موجة جديدة من الرعب تتدفق عليه. أصبح سجين أفكاره، مشلولاً من شدة الخوف ومما قد يكون مختبئًا داخل المرأة التي يحبها.

وعندما كانت الغابة تغرق في ظلمتها، في الوقت الذي لم يعد خارام قادرًا على تحمل تلك الأفكار الشيطانية التي تحيط به، شعر بالعجز التام، متلهفًا لأي حل. كل علاج عشبي بدا بلا جدوى أمام الألم الوحشي الذي كانت إيروم تعاني منه. كانت تصرخ باسمه، فيهرع إليها، ممسكًا بيديها، يهمس بكلمات مواساة تبدو فارغة أمام فداحة معاناتها.

"إيروم، أنا هنا"، كان يقول بصوت مرتجف. "ستكونين بخير. سنتجاوز هذا معًا".

ومع ذلك، حتى وهو يتحدث، كان هناك قلق عميق يعصف بداخله. لقد جربا كل شيء، ومع ذلك لم يكن هناك نهاية تلوح

في الأفق. مع كل ساعة تمر، كان خارام يخشى أن يكون بانتظارهما شيء كارثي. كان يتخيل ولادة ليست مناسبة سعيدة، بل مواجهة مرعبة مع أي ظلام يكمن في بطن إيروم. كان اليأس يلتف حوله مثل غطاء. "ماذا لو كان علينا العودة؟" همس لنفسه ذات ليلة وهو ينظر إلى النجوم، باحثًا عن إجابات في الكون. "ماذا لو كنا بحاجة إلى مساعدة؟" لكن فكرة العودة إلى القرية التي هربا منها كانت مخيفة. فسيكشفون أنفسهم، ويصبحون عرضة لحكم الناس الذين لم يفهموا محنتهم. ومع ذلك، البديل هو البقاء هنا في العزلة بينما تدهور حالة إيروم والذي كان مرعبًا بالقدر نفسه.

تحولت الغابة، التي كانت تبدو كطوق نجاة، إلى عاصفة مليئة بأصداء اليأس. شعر خارام بالجدران تنغلق حولهما.

دون أي طريق واضح للأمام وكل محاولة بدت أنها تؤدي إلى مزيد من عدم اليقين، شعر بإحساس عميق باليأس يلتف حوله. ومع ذلك، حتى في أحلك اللحظات، علم أنه يجب عليه أن يبقى قويًا من أجل إيروم. فقد كانت بحاجة إليه الآن أكثر من أي وقت مضى. كانت هناك شرارة أمل ما زالت تسكن في أعماق قلبه، وميض خافت وسط الظلام المتزايد.

"إيروم"، قال لها بهدوء ذات ليلة وهي مستلقية على السرير، وقطرات العرق تلمع على جبينها. "مهما حدث، سـأكون معك. لستِ وحدكِ في هذا".

استدارت إليه، وعيناها مليئتان بالخوف والألم. "لكن ماذا لو كان هناك خطب ما، خارام؟ ماذا لو لم أستطع تحمل هذا؟" هز رأسـه بحزم. "سـنواجهه معًا. أنتِ أقوى مما تظنين، وبغض النظر عما يحدث، أنا مؤمن بكِ".

وبينما أغمضـت إيروم عينيها وغمرها النوم، بقي خارام مستيقظًا، يراقبها. عاهد نفسه أن يجد مخرجًا من هذه المحنة، ليكتشف الحقيقة حول ما يسكن داخلها ويحميها من أي ظلام يهدد أحلامهما الجميلة التي لم تبدأ بعد.

الفصل الثالث عشر
لا خيارات

كانت الأيام تمر ببطء، تشهد على صرخات إيروم المؤلمة ويأس خارام المتزايد. ومع ضمور الضوء في عينيها تدريجيًا، بدأت فكرة مظلمة تتسلل إلى ذهنه: ربما لم يعد هناك خيار آخر. "إذا أردت أن أنقذ إيروم، عليّ أن أتخذ إجراءً صارمًا، إذا تركتها هكذا، ستموت هي وطفلها!" قال خارام لنفسه. لم يعد بإمكانه تجاهل الرعب الذي يخيم على عالمهما المعزول.

كان خارام مدركًا للمخاطر، لكن عزيمته تعمقت. بعد ليالٍ بلا نوم قضاها في مواجهة الخوف واليأس، قرر أخيرًا أن يتناول الموضوع مع إيروم، مرتجفًا من ثقل اقتراحه.

"إيروم"، بدأ بصوت مهتز. "علينا أن نتحدث... عما يحدث داخلكِ".

نظرت إليه بألم في وجهها، وحاجباها منعقدان. "ماذا تقصد؟" سألت بصوت متعب.

"أعتقد أننا بحاجة إلى التفكير في استخراج الطفل من بطنك. قد يكون هذا الحل الوحيد لإنقاذكِ"، اعترف أخيرًا، وقلبه يخفق بقوة.

كانت ردّة فعلها فورية ومؤلمة. اتسعت عينا إيروم بعدم تصديق، وصوتها يرتفع بأسى. "ماذا؟ خارام، كيف يمكنك حتى التفكير في ذلك؟ كيف تستطيع أن تفتح بطني وأنا على قيد الحياة؟ لن أتحمل هذا الألم! هل من السهل عليك قتلي والطفل في بطني؟"

اخترقت الكلمات مشاعره كالخنجر. "أنت لست طبيبًا! لا تعرف كيف تقوم بجراحة الولادة، أو كيف تعيد خياطة الجرح بعد ذلك! هذا جنون!"

كانت أسئلتها تتدفق كالأمواج، تذكّره بثقل ما كان يقترحه عليها.

بقي خارام صامتًا، وثقل الحزن على قلبه، وتحدثت عيناه عن أسفه العميق.

"إيروم، أرجوكِ".

"لا!" صرخت، والدموع تتدفق على خدّيها. "أنت لا تفهم ما

تطلبه. أنت تريد قتلي وقتل طفلنا"!"

"كل ما أريده هو سلامتكِ"، توسل خارام، لكن الكلمات بدت جوفاء وسط الصمت.

كانت إيروم تتلوى من الألم، ووجهها شـــاحب، وصوتها يختفي تدريجيًا بسـبب البكاء. كان خارام يجول ذهابًا وإيابًا داخل المنزل الصـــغير، يشـــعر بالعجز الكامل. كانت أفكاره تتسـارع في محاولة يائسـة لإيجاد طريقة لإنقاذها من هذا الكابوس، لكن كل حل بدا مستحيلًا. الأعشـاب التي جربها لم تفعل شـيئًا، والغابة كانت خالية من أي شـــيء يقدم مسـاعدة حقيقية.

"إذا، عليّ أن أذهب لطلب المسـاعدة من إحدى القرى"، تمتم خارام، وكأنه يحدّث نفسه، وعيناه تحدقان في الأرض، غارقًا في أفكاره.

نظرت إليه إيروم، وعيناها اللتان غلفهما الألم اتسعتا بدهشـة. "ماذا قلت؟" ردت بصـــوت حاد رغم ضـــعفها. "هل فقدت عقلك؟ هل جننت؟"

التفت خارام نحوها، والخوف والندم في عينيه. "لا أعرف ما

الذي يجب عليّ فعله"، همس، وصوته ينكسر. "أنتِ تموتين، إيروم. إذا لم أفعل شيئًا"...

قاطعته إيروم، وصوتها يرتفع بذعر. "إذا ذهبت إلى إحدى القرى، لن تعود أبدًا. سيعثرون عليك ويقتلونك!" توقفت، وأنفاسها متقطعة. "والدي سيبحث عنا في كل قرية. أنت تعرف ذلك. لن يسمح لك بالنجاة".

كانت كلماتها كالجمرة الملتهبة على صدر خارام. كان يعرف أنها محقة. سكان القرية كانوا أوفياء لوالد إيروم، وإذا خرج من مخبئهم، فلن يمر وقت طويل قبل أن يُقبض عليه. ورغم ذلك، فإن فكرة مشاهدتها تتألم دون أن يفعل شيئًا كانت لا تُحتمل أيضاً.

"انسَ الأمر"، تابعت إيروم، وصوتها يتحطم. "من الأفضل لنا أن نموت هنا على أن تذهب ولا تعود إليّ أبدًا".

بقي خارام واقفًا، ممزقًا بين المرأة التي يحبها والوضع المستحيل الذي أصبحا عالقين فيه. لم تكن هناك خيارات سهلة متاحة، بل الحقيقة القاسية التي لا أحد يمكنه مساعدتهما الآن.

كان الصمت الذي تلا ذلك خانقًا، مليئًا بمخاوف غير منطوقة وأسئلة بلا إجابة. استدارت إيروم إلى الجانب الآخر، ودموعها تتساقط في الضوء الخافت لبيتهما الصغير. شعر وكأنه وحش لمجرد التفكير في مثل هذا الأمر، لكن البديل بدا كغوص بطيء في أعماق اليأس.

مرّت الأيام، وازدادت حالة إيروم سوءًا. كان خارام يراقب فقط بينما أصبحت المرأة التي كانت يوما مليئة بالحياة مجرد ظل لنفسها، تتلاشى روحها تحت وطأة الألم والمعاناة. لكن نظرة اليأس في عينيها أشعلت إصراره!

بعد ليلة أخرى بلا نوم مليئة بأصوات معاناتها، توصل خارام إلى قرار ولِد من اليأس والحب. وبقلب مثقل، استعد لما شعر أنه الخيار الوحيد المتبقي له.

تحرك بهدوء حول بيتهما الصغير، وجمع الأدوات التي يحتاجها. في زاوية الغرفة، حيث كان هناك جذع شجرة قوي، متعقد وصلب. أخذ خارام نفسًا عميقًا، يعزّز نفسه للمواجهة التي لا تُحتمل.

دون أن يخبر إيروم، اقترب منها بينما كانت مستلقية في فراشها، يكسو وجهها شحوب عميق. "إيروم"، قال بهدوء،

"أحتاجك أن تثقي بي".

"أثق بك؟" همست بصوت ضعيف. "خارام، أرجوك... لا أعرف كم أستطيع التحمل أكثر".

"قليلًا فقط"، حثَّها، وقلبه يخفق بقوة. "سأجعل الأمور أفضل. أعدك".

ضمها إليه بلطف، وقادها برفق خارجًا، مدعيًا حاجتهما إلى هواء نقي. لم تقاوم، إذ أن الإرهاق أثقل عليها.

حالما خرجا، قادها نحو جذع الشجرة، وخفق قلبه بسرعة. "إيروم، أحتاجك أن تبقي هنا لوهلة"، قال وهو يربط معصميها بالجذع القوي، واحتدّ التوتر في صدره.

"انتظر، خارام! ماذا تفعل؟" اتسعت عيناها خوفًا بينما استوعبت ما يحدث.

"ثقي بي"، أصرّ، واليأس يتسرب إلى صوته. "أفعل هذا لأجل إنقاذك".

"لا! لا تفعل!" صرخت، تحاول الإفلات من الحبال.

لكنه لم يستطع الاستماع؛ لم يعد بإمكانه السماح للخوف

بالسيطرة عليه. وبينما كان يبتعد خطوة، نظر إليها لآخر مرة، والألم في وجهها يمزق قلبه.

بيدين مرتجفتين، تجهّز خارام للعمل الذي سيغير حياتهما للأبد. أمسك السكين، ولمع شفرتها بشكل مخيف في الضوء الخافت، وقوّى عزيمته. كانت صورة وجه إيروم، الشاحب والمتألم، تدفعه إلى الأمام.

كان مستعدًا لفعل أي شيء لإنقاذها، حتى وإن كان يعني التحول إلى الوحش الذي كان يخشاه.

تسارع نبضه وهو يقترب منها، والسكين ثقيل في يده. "إيروم، أحبكِ"، همس، صوته يكاد يختفي.

"أكرهك، خارام!" صرخت ايروم وهي تبكي، لكنه رأى الخوف في عينيها؛ ينعكس فيه.

أخذ نفس عميق، ووضع النصل على بطنها، مستعدًا للمواجهة التي كان يتجنبها طوال الوقت.

"آسف"، همس وهو يبكي، محاولًا تحمّل الألم الذي كان على وشك أن ينكشف.

الفصل الرابع عشر
طعنة قاتلة

كان القمر متدليًا في السماء، يلقي ضوءًا شاحبًا من خلال الأشجار التي تحيط بمنزلهما الصغير. كان خارام واقفًا، جسده يرتجف، ممسكًا بالسكين في يده، وعيناه تحدقان في عيني إيروم، التي بدت غائبة الذهن، غير مدركة لما يحدث حولها.

"عليّ مساعدتك"، قال لها خارام وصوته يرتجف، مقربًا السكين أكثر، بينما حاول تثبيت يده قدر الإمكان، رغم أنها كانت ترتجف من الخوف. لم يتخيل أبدًا أن الأمر سيتطور إلى هذا، فقد كان يأمل في حدوث معجزة تخرجه من هذا المأزق، لكن الأمل قد تحول إلى يأس.

ببطء، بدأ خارام يكشف عن بطنها المتورم، يديه ترتجفان وهو يحدق في رعب. "لماذا بطنها بهذا الحجم غير الطبيعي؟" همس، ملاحظًا بقعًا داكنة، تشبه الكدمات، تتخلل جلدها. كانت أفكاره تتسابق، لكن اليأس دفعه للأمام. ضغط على أسنانه، ووضع الشفرة أسفل بطنها، وهو يشعر بأنها

تنغمس في لحمها بينما بدأ في إجراء الشــق الأول. كان السكين يقطع جلدها، مما يزيد من إحساسه بالرعب والندم.

صرخت إيروم صرخة مؤلمة تحطم معها سكون الغابة.

تراجع خارام للخلف، ورهبة ما كان يفعله كان كصخــرة تنحدر على رأسه. لكن قبل أن يتمكن من استيعاب ما يحدث، أصبح جسم إيروم هامدًا، وتوقفت صرختها وسط الألم.

أمسك الذعر بخارام. معتقداً أنها قد ماتت. انزلقت السكين من يده واصــطدمت بالأرض بينما تراجع للخلف أكثر، كان قلبه ينبض بشــدة كاد أن يخرج من صــدره. كانت الدموع تتدفق على وجهه وهو يدرك حجم أفعاله. "ماذا فعلت؟" صــرخ، وصوته ينكسر.

انحنى على الأرض، يشــعر بالذهول للمنظر الذي رآه. بعد ما بدا وكأنه أبله، تمكن من استجماع شجاعته بما يكفي للتحقق من نبضــها والتنفس. ولدهشــته، شــعر بنبض خفيف تحت أصابعه، كانت لا تزال على قيد الحياة!

لكن لحظة الأمل كانت قصيرة. نظر إلى الأسفل ورأى الدم يتجمع من حولها، فوق الأرض الخشــبية لمنزلهما ـ المنزل

الذي كانا يحلمان به معًا ـ انتشر الذعر في قلبه مرة أخرى.

"لا، لا، لا!" تمتم وهو يندفع نحو جانبها، مجنونًا في محاولة لوقف النزيف. أمسك بالسكين مرة أخرى، ولكن هذه المرة كان ينوي استخدامها لخياطة جراحها، لإنقاذها، لإصلاح ما فعله. كانت يداه ترتجف بلا تحكم بينما كان يحاول إجراء العملية، لكن الدم استمر في التدفق، كل قطرة كان تذكره بحياة هشّة بدأت تنزلق بعيدًا عنه.

بدأ عقل خارام ينحدر نحو الجنون. كان يشعر كما لو أنه محاصر في كابوس لا يستطيع الاستيقاظ منه. كانت رعب أفعاله تتكرر في عقله، وكل فكرة كانت أكثر تعذيبًا من السابقة.

"ماذا فعلت، خارام؟ قتلت زوجتك! قتلت طفلها!" صرخ؛ صوته مليء بالمعاناة. أمسك بشعره في إحباط، والدم يختلط بالدموع على يديه. "هل أنت مجنون؟ لماذا فعلت هذا؟ ماذا يجب أن أفعل الآن؟"

كان يشعر كما لو أنه يفقد السيطرة على الواقع، أشياؤه في زوايا المنزل تبدو وكأنها تسخر منه. كان اليأس يختنق في

حلقه بينما واصـل التحدث إلى نفسـه، متوسلاً للحصـول على إجابات لن تأتي أبدًا. كان لديه لحظة من فقدان الوعي وعدم التركيز؛ لقد تجمد ولم يعد قادرًا على التفكير فيما يجب فعله.

بينما كانت الساعات تمر، كان إدراك الوضع يصعب عليه. كان خارام يعرف أنه قد ارتكب خطأً لا يمكن إصـلاحه، وعواقب أفعاله كانت تتدلى فوقه مثل سـحابة مظلمة. لقد تصرف بدافع من الخوف واليأس، لكن بأي ثمن؟

مع كل ثانية تمر، كانت بركة الدم حول إيروم تنمو، وكان خـارام يشـــعر بـالحياة تبتعد عن إيروم أكثر من أي وقت مضى. كان عاجزاً عن وقف ذلك.

انهار بجانبها؛ وجسده يرتعش من البكاء. "إيروم، أرجوك... أنا آسف"، بكى، ممسكًا يدها، يائسًا من الحصول على علامة حياة. "لم أرد هذا. كنت أريد فقط إنقاذك"!

لكن الغابة ظلت صـــامتة، الصـــوت الوحيد هو دمدمة بعيدة للأوراق والرياح. تُرك خارام وحده مع مصـــير خياراته، أصبح حبه لإيروم يتصارع مع رعب ما فعله.

الفصل الخامس عشر
داخل البطن

ظل خارام متكئًا عند عتبة المنزل، جسده يرتجف من البكاء وهو يتصارع مع رعب أفعاله، ينتظر معجزة تهبط من السماء لإنقاذ ما اقترفته يداه.

فكّ رباط يد إيروم وجعلها ترقد على الأرض على ظهرها، محاولًا لملمة الجراح والنزيف، بينما كانت إيروم فاقدة الوعي تمامًا، بالكاد تتنفس الهواء كما لو كانت تسحبه إلى رئتيها.

كان ثقل الحزن لا يُحتمل، وعقله عاصفة مضطربة من الندم واليأس. جلس يراقب المشهد على عتبة الباب، عاجزًا عن فعل أي شيء لإنقاذ إيروم، وبينما كان جالسًا هناك، لفت انتباهه شيء غريب، حركة غريبة في بطن إيروم.

تسارعت دقات قلبه عندما اقترب، مشدودًا في الضوء الخافت. ولدهشته، رأى بطنها يتقلص ويتقلص بشكل غير طبيعي، كما لو أن ما كان بداخلها لم يعد هناك. الانتفاخ الذي ملأه بالرعب أصبح الآن غير موجود.

توقف تنفس خارام في حلقه عندما مد يده بحذر، ضاغطًا كفه على بطنها. لم يكن هناك مقاومة، لا حياة. تسارعت موجة من الذعر فيه عندما شعر بموجة باردة تغمر قلبه. "لا... لا..." تمتم، يهز رأسه بعدم التصديق. "هذا لا يمكن أن يحدث"!

سحب بسرعة الغطاء، ويديه ترتجفان وهو يفحص بطنها المستدير سابقًا. فقد اصبح مسطحًا وميتًا، الجلد شاحبًا وباردًا تحت لمسه. لم يكن هناك أي علامة على الجنين الذي كان يخشاه ولا على الثعبان المتخيل الذي كان يطارده في أحلامه، فقط دم ممزوج بالماء يغطي بطن إيروم.

"أين هو؟!" صرخ خارام، صوته يرتجف من الذعر. "هل قتلتها بلا سبب؟ هل كانت مريضة فقط وتحتاج إلى طبيب؟" كانت يديه تعتصر رأسه بينما تتصاعد المخاوف فيه.

بدأ الوهم الذي تمسك به، والتبرير الأعوج لأفعاله يتداعى، تاركًا لا شيء سوى الحقيقة المرة. "ماذا فعلت؟" همس، وصوته ينكسر. انقضت عاصفة خياراته على رأسه، وتركته مع الواقع المر الذي لا مفر منه ولا يمكن معه العودة.

هزّ كتف إيروم برفق، يائسًا للحصول على أي علامة على الحياة. "إيروم، أرجوك!" صرخ، صوته غارق في فوضى المشاعر. لكن لم يكن هناك استجابة. تحقق من تنفسها ونبضها، لكنهما غابا عن الحياة، مما ترك فراغًا لا يُحتمل في قلبه.

ضربته الحقيقة كضربة صخرة سقطت على رأسه من أعلى الجبل، كل لحظة تمر مؤلمة بينما كان يحاول ان يستوعب الحقيقة التي كانت تتشكل أمامه. إيروم قد رحلت. إيروم الحبيبة، التي قاتلت بشجاعة ضد معاناتها، أصبحت بلا حياة أمامه!

"لا، لا، لا!" صرخ خارام، وعقله يتحول إلى فوضى. شعر كما لو أن الأرض تحت قدميه قد انهارت، مما أسقطه في هاوية مظلمة من اليأس. لم يفقد فقط إيروم، بل قتلها بيده، حيث ختمت أفعاله مصيرهما بطريقة لم يكن يستطيع تصورها.

"لماذا، خارام؟ لماذا فعلت هذا؟" صرخ، صوته يتصدع تحت وطأة حرقته وحزنه. كانت جدران منزلهما الصغير تتردد بصدى ألمه، تذكيرًا صارخًا بما كان يومًا مكانًا مليئًا

بالضحك والحب، تحول الآن إلى مشهد من المأساة والندم.

سـقط خارام على ركبتيه بجانبها، والدموع تتدفق على وجهه وهو يحتضن رأسها بين يديه. "أنا آسـف"، يهمس وصـوته يتصدع. "لم أرد هذا... اعتقدت أنني سأنقذك".

استمر خارام متجمدًا، يتأمل جسد إيروم بلا حياة كما لو كان يأمل أن تحدث معجزة لتعود إلى التنفس مرة أخرى. كانت عيناه تبحثان في وجهها عن أي علامة على الحياة، بينما كان قلبه يرفض تصديق ما كان عقله يعرفه بالفعل.

قبل جبينها البارد، ثم احتضن جسدها الهامد بإحكام، كما لو كان بحضــنـها يسـتعيد الدفء الذي كان يملأها في يوم من الأيام.

وضع يداه المرتجفتان على بطنها- الذي أصبح الآن مسطحًا بشــكل مثير للقلق- وكأنـه يبحث عن الطفل الذي لم يكن موجودًا أبدًا. يائسًــا، انحنى مرة أخرى، أذنـه ملتصــقة بصدرها، وأرهف سمعه ليسمع نبض القلب الذي كان يحتفظ به أكثر من الحياة نفسـها. لكن كل ما سـمعه كان صـمتًا لا يُحتمل، أعلى من أي صـرخة، يمزق روحه ويدمر ما تبقى من حياته.

لكن لم يكن هناك كلمات يمكن أن تعكس الزمن، ولا أفعال يمكن أن تلغي غير القابل للإلغاء. كان الصوت الوحيد في الغابة هو قلبه الذي يتحطم بينما كان يتقبل الفقد الذي خلقه. كان البطن الفارغ أمامه سخرية من الآمال والأحلام التي شاركوها معاً.

ظلت الغابة بالخارج دون تغيير، غير مبالية بمعاناته، وأدرك خارام في تلك اللحظة أنه كان وحده تمامًا. لقد رحل النور بعيدًا، تاركًا فقط الظلام في المكان.

استقر حجم فعله، وشعر خارام أن عقله بدأ يتفكك. مع عدم وجود شيء يتمسك به، عرف أنه سيتعين عليه مواجهة عواقب أفعاله بمفرده، مطاردًا بذكريات إيروم والحياة التي فقداها معًا.

الفصل السادس عشر
أحلام متبخرة

انهارت حياة خارام إلى العدم. في بضع لحظات مأساوية، فقد كل ما يهمه ـ زوجته، طفله، وجوهر الحياة التي كان يتخيلها. تبخرت الأحلام التي نسجاها معًا، المليئة بالضحكات والآمال، في الهواء، تاركة فراغًا خانقًا وراءها.

أمام هدوء ذلك المنزل المهجور، حفر خارام قبرًا بيدين ترتعشان. كل مجرفة من التراب كانت تشبه وزنًا يُضاف إلى قلبه، لكنه استمر، مدفوعًا بحاجة يائسة لتكريم الحب الذي ازدهر في ذلك المكان. دفن إيروم في المكان الذي جاءت تبحث عن السعادة فيه، تحت الشجرة نفسها التي شهدت فرحهم العابر وحزنهم اللانهائي.

مع وضع جسدها أخيرًا في تلك الحفرة، انخفض خارام إلى الأرض بجانب قبرها، جسده منهك وعقله محطم. لم يستطع تحمل فكرة تركها وحدها في هذا المكان المنسي. تحولت الأيام إلى أسابيع، والأسابيع إلى أشهر، بينما بقي هناك، وفي ولاء للحب المدفون تحت التراب.

بينما استمر الزمن، أصبح خارام شبحًا في حياته الخاصة. كان يتجول في الغرفة المظلمة لمنزلهم، والتي كانت مليئة بأصداء الضحك التي شعر وكأنها ذكريات بعيدة. انغمس عقله في الضباب، ملبد بالذنب واليأس. لم يعد يفهم العالم من حوله، ولا كان يهتم لذلك. تلاشى الواقع، تاركًا فقط ظل الحب الذي فقده.

بدت الغابة، التي كانت حية بأصوات الطبيعة، وكأنها تسخر من حزنه وأفعاله. كانت تغني الطيور بطرب، غير مدركة للمأساة التي تكشفت تحت أعينها. كانت الخضرة الزاهية للأوراق، واهتزاز الأغصان بلطف، تذكره بالحياة التي كانت تتنفس ذات يوم داخل تلك الجدران.

أصبح خارام وحيداً، محاصرًا في ذكريات حياة تلاشت. وتداخلت فيها الأيام، كل منها لا يمكن تمييزه عن الآخر.

كان يتحدث إلى قبر إيروم كما لو أنها تسمعه، يعيش كل لحظة شاركها معها، كل حلم نسجاه معًا. "أنا هنا، حبي"، كان يتمتم، والدموع تتدفق على خديه. "أنا لا زلت هنا".

في النهاية، وصلت همسات إلى الجبال، تحمل قصص عن انحدار خارام إلى الجنون. بعد ما شعر أنه كان سيعيش للأبد

من العزلـة، اكتشـــفه مجموعـة من القرويين الـذين قرروا استكشــاف الغابة. وجدوه مُنحنيًا في ركن المنزل، محاطًا ببقايا حياة كانت مليئة بالحب. كانت عيونه فارغة، تعكس روحًا تم إفراغها من الحزن.

في تلك اللحظـة، كان خارام مجرد شـبح على هيئة رجل، يعيش في عـالم لم يعـد يتعرف عليـه. لم يفقـد فقط زوجتـه وطفله؛ بل فقد نفسـه، تبخر في الهواء مثل الأحلام التي كان يحملها ذات يوم.

بينما قاده القرويون بغير رحمة بعيدًا عن أنقاض ماضيــه، شعر بإحساس عميق بالانفصـال، كما لو كان يُسحب من حلم تحول منذ زمن طويـل إلى كابوس. تلاشــت الغابة، القبر، والذكريات في المسـافة، لكن الألم اسـتمر، محفورًا في قلبه إلى الأبد.

THE END...

صدفة ملعونة

ABOUT THE AUTHOR

Mohammed M. Ahmed is a Ph.D. candidate in business analytics at Bahrain University. He holds a B.Sc. in mathematics from the University of Bahrain and an M.Sc. in human resources management (HRM) from Applied Science University (AUS) in Bahrain. His research interests include machine learning, MATH, and Human resources. He is currently working as the head of the human resources planning department.

https://orcid.org/0009-0009-0658-6958

phdmohammed114@gmail.com